U0005401

Arsène Lupin 亞森・羅蘋冒險系列 17

Les Milliards d'Arsene Lupin

/ Le Cabochon d'emeraude

羅蘋的財富

／綠寶石之謎

莫里斯・盧布朗／著

吳欣怡／譯

好讀出版

推薦序

與羅蘋結伴去流浪

國立東華大學華文系副教授　楊翠

法國的亞森・羅蘋與英國的福爾摩斯，是我童年時期的兩個偶像，也是我閱讀地圖中最美麗的兩座城堡。夏天午后，靠窗躺在木床上，耽讀福爾摩斯與亞森羅蘋，彷彿隨時可以從陽光斜映的窗間出走；冬日夜晚，寒風狂野，深陷劇情中的詭譎世界，不敢起身上廁所。這樣的經驗，幾乎已經成爲跨世代、跨文化的集體經驗。個性理性秩序的妹妹喜歡福爾摩斯，而感性浪漫的我則偏愛亞森・羅蘋；然而，做爲不斷擺盪於感性與理性兩極的天秤座女子，無論是亞森・羅蘋的靈動多情，抑或是福爾摩斯的理性邏輯，都經由文字化爲飛翔的羽翼，帶我進入一個芳美的世界。

莫里斯・盧布朗，一八六四年生於法國盧昂，雖然無心插柳卻成爲通俗文學的經典作家，他在一九〇五年所創造的亞森・羅蘋，更是偵探小說中的經典人物。亞森・羅蘋的形象集俠盜、偵探、情人於一身；他劫富濟貧，伸張正義，俠氣魅力；再者，羅蘋機智、邏輯、精確，具備做爲一名優

秀偵探的必要條件；他又英俊、浪漫、溫柔，簡直是理想情人的典型。然而我認爲，莫里斯・盧布朗所塑造的俠盜羅蘋，最迷人之處還不在於此。一九〇五年的〈亞森・羅蘋就捕〉一文，羅蘋甫一出場，就是一個個性格鮮明的人物，他機智聰敏、理智精確、正義俠氣，且風流倜儻、幽默風趣、誠實純眞、溫柔多情，有時更是激動易怒、情緒起伏、會哭會笑、喜歡惡作劇，這些特質並存，形成高度的光影反差。我認爲，這種性格上的反差才是羅蘋最迷人的地方。

羅蘋的內心世界總是波濤湧動，時而正氣凜然，時而激憤暴怒，時而柔情似水；最特別的是，不同於一般男性英雄人物面對兒女情長時的理性、冷靜、節制、甚至不屑，羅蘋毫不矯柔造作，不故作英雄，他寧願爲愛情奉獻自我。在《813之謎》中，羅蘋的父親形象強悍與溫柔、堅定與軟弱兼具，面臨選擇掙扎時，羅蘋的淚水更是全書的最高潮；在《奇巖城》中，他願意爲所愛的女子拋棄一切，「只想當她所愛的男人」，俠盜在愛情上的坦率眞誠，顚覆男性英雄人物的「無情」形象，破解了「義／情」二元對立的迷思。

以人物形象而言，羅蘋的成功之處就在於他那介於灰色地帶、非典型的光影反差，他在正／邪、理性／感性、秩序／脫序、陽剛／陰柔之間遊蕩，帶領讀者進入一個充滿故事的邊界地帶。童年時期，我總是夢想長大以後要嫁給俠盜，發生故事裡的故事，即使是已經受過女性主義思潮洗滌的今日，我還是必須誠實地說——我願有朝一日能跟亞森・羅蘋一起去流浪。

以敘事風格來看，福爾摩斯之父柯南・道爾與羅蘋之父莫里斯・盧布朗各有所長。福爾摩斯系列擅於科學分析、邏輯解謎、層層推演，而亞森・羅蘋系列則強調人物角色的衝突性、故事情節的轉折性，以及人物、時間、空間的靈活調度。羅蘋的「百變千面」形象，總是令小說人物充滿曖昧性，隨時讓你猜疑，給你驚喜。時間方面，亞森・羅蘋系列不僅符合偵探小說的「時間競賽」要件，同時故事時間經常被設定在刀口、懸崖之際，以此突顯羅蘋的機智靈活，以及偵探與時間賽跑的爆發力與能動量。至於空間特性，福爾摩斯系列中，「貝克街」與倫敦街市的空間地景鮮明，福爾摩斯甚至可以足不出戶就解決案件，而亞森・羅蘋系列則空間幅員跨度極廣，羅蘋在街道、監獄、城堡、獵場、戰場，在歐洲、美洲大陸的城鄉，神出鬼沒，四處現身。

本書《羅蘋的財富》發表於一九三九年，是莫里斯・盧布朗辭世前兩年的作品，無論是人物形象、時空調度與敘事結構都符合前述特質。它的空間跨度極廣，在美國、法國、英國三個地域之間跨界移動；敘事方面，《羅蘋的財富》納入黑手黨、宗教立場等元素，兩方人馬都以正義自居，在黑手黨心中，羅蘋是「必須討伐毀滅的無神論者、異教徒、穆斯林的撒拉遜人」，而羅蘋則揭露了「討伐者」的邪惡本質，不僅突顯出羅蘋的正／邪曖昧形象，更增強了故事張力。

在人物方面，「百變羅蘋」仍然迷人，然而，觀察《羅蘋的財富》中的女性角色，如羅蘋的奶媽維克朵娃以及女主角派翠西亞，可以發現莫里斯・盧布朗筆下的女性角色經常有著陽剛／陰柔並存的雙重形象，她們是「大地之母」，但並非被剝削的母親，而是強悍與溫柔並濟的原始母神形象。奶媽維克朵娃向來以這個形象現身，而《羅蘋的財富》中的女主角派翠西亞，她是單親媽媽、

職業婦女，更是小說中的主要偵探，因爲信守承諾及深具素樸的正義感，她跨渡海峽，移動於美、英、法各國，深入險境，揭露邪惡，找尋眞相。派翠西亞是拯救者/被拯救者的雙重角色，同時也是強悍與溫柔並存的母親，更是追求所愛無所畏懼的女性主體。

讀《813之謎》，你想當羅蘋的女兒；讀《奇巖城》，你願爲他所愛；讀《羅蘋的財富》，你會終日想像成爲派翠西亞，一個母親帶著孩子，與羅蘋結伴流浪，俠義爲家。

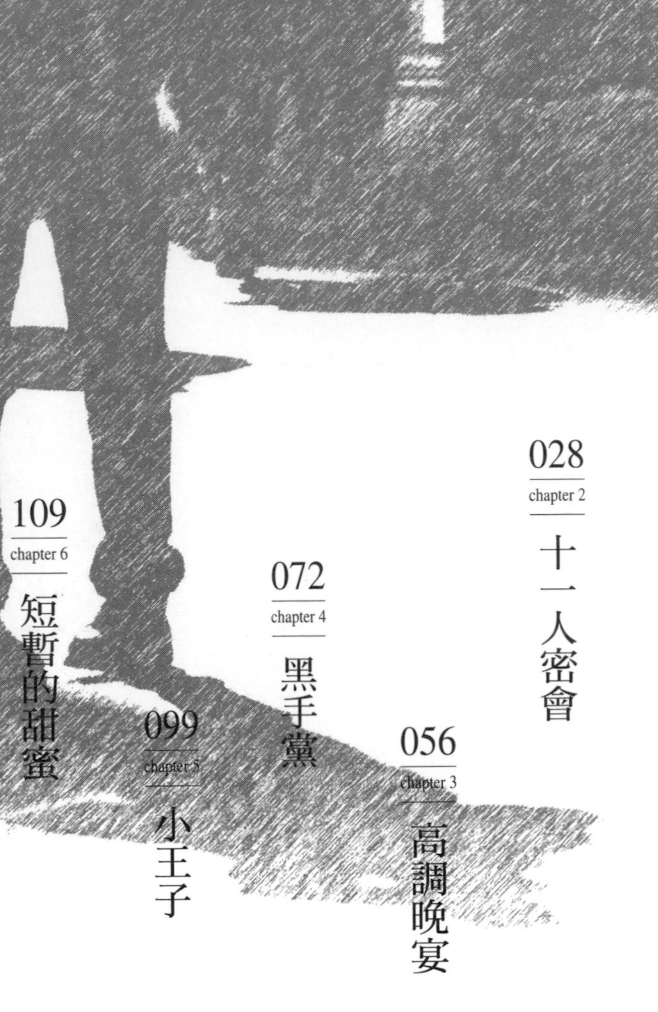

contents 目錄

chapter 1 寶拉・西寧

這天傍晚，美國最大的刑案新聞報《警察線上》創辦人兼社長詹姆士・馬克・阿雷米走進編輯室，針對前夜發生的那起三名幼童凶殺案向幾位同事發表己見——一切當然純屬臆測；此案因被害人是小孩，不同於一般命案，引發了眾怒，輿論立刻稱之爲「三胞胎謀殺案」。

這位社長花了幾分鐘時間評論這樁兒童遇害案件，甚至一併論及過去的類似案例。接著，他轉頭對同樣站在編輯群中聽他說話的祕書派翠西亞・強斯頓說：

「派翠西亞，發信時間到了，信件都準備好讓我簽名了嗎？回我辦公室處理吧。」

「準備好了，社長……可是……」

派翠西亞欲言又止，有個不尋常的聲音令她豎起耳朵聆聽，但她還是繼續把話說完：

「……有人在您辦公室裡！」

社長聳聳肩，不置可否。

「有人在我辦公室？不可能！迎賓室的門是鎖上的。」

「社長，萬一那人是從您專用出入口進來的呢？」

阿雷米露出微笑，從口袋拿出鑰匙。

「鑰匙在這兒呢，我隨身攜帶。您想太多了，派翠西亞……好了，忙正事吧！抱歉，菲勒德，讓您久等了。」

阿雷米熱情地攬住在場某位男士的肩膀，此人並非報社編輯，而是幾乎每天都來這裡找他的朋友菲勒德。

「慢慢來，詹姆士。」律師佛烈德里・菲勒德答道，「我不急，況且現在是您處理信件的時間。」

「來，到我辦公室去。」阿雷米說，「各位，明天見，記得努力蒐集凶案資料。」

社長對同事們微微頷首，隨即離開編輯室。派翠西亞與菲勒德跟著他一起穿過走廊，來到社長辦公室前，他打開房門。

辦公室十分寬敞，裝潢擺設簡約雅致，裡頭空無一人。

「派翠西亞，妳看，裡頭沒人。」

「確實，」祕書回答，「但社長您瞧這扇門，剛才還關著，現在卻是打開的。」

她指著辦公室內的某扇門，門後有個小房間，保險箱就放在裡面。

「派翠西亞，從保險箱到通往外面馬路的祕密出口，是一條長達兩百公尺的通道及階梯，中途還有十三道大門和五道柵欄，它們全上了門栓和掛鎖，根本不可能有人從這條通道進出，就算是我也不過是偶爾才走。」

派翠西亞柳眉微蹙，陷入沉思。這名年輕女子身材高䠷苗條，步伐穩健靈巧，顯然有運動的習慣。她的臉型比例不夠勻稱，稍嫌略短，雖稱不上是典型的美女，但脂粉未施的臉龐仍散發出純淨透亮的氣息。她擁有形狀分明的闊嘴、自然紅潤的雙唇及一口潔亮的皓齒，金銅色的波浪狀瀏海覆蓋著象徵聰慧的寬闊前額；她的雙眼細長，那對藏在濃密睫毛底下的灰綠色眸子尤其迷人，散發出無與倫比的魅力。派翠西亞不苟言笑時，全身上下充滿神祕內斂的氣質，而當她放鬆自我展現眞性情時，則成了隨和、擁有赤子之心的大女孩。她元氣十足、身心健全、精力充沛，懂得享受人生，屬於那種不欺人也不負人的女性，這種個性助她贏得了好感與信任，並爲她帶來友誼與愛情。

派翠西亞環視房內，想確認這間經她整理過後的辦公室，是否確實沒有任何地方遭人動過，這是她待在阿雷米社長身邊逐漸養成的習慣，且早已成了反射性動作。

結果，的確有個小地方引起她的注意。

辦公桌上有張便條紙，從她的角度只能倒著看，她默唸那兩個用鉛筆寫下的字。其中之一是人名「寶拉」，另一個字較難辨識，是姓氏「西寧」，也就是——**寶拉・西寧**，是個女人的名字。

派翠西亞隨即想到，阿雷米社長是個自律甚嚴的人，這輩子只准自己擁有一個女人，遑論寫下名字，還如此大剌剌地留在自己辦公桌上。

那麼，寶拉・西寧究竟代表什麼呢？

阿雷米看著派翠西亞，微笑道：

「好極了，派翠西亞，什麼事都逃不過妳的眼睛。不過，事情很簡單。那是一本法文小說的書名，今天有某位譯者拿來給我看，我覺得挺有趣的。寶拉・西寧是女主角的名字，法文原版書名更有張力，叫做《罪女寶拉》。」

派翠西亞覺得社長並未說出實情，但她適合再追問下去嗎？

這時，她的思緒被突然熄滅的電燈打斷，四周陷入一片黑暗。

「社長，您別擔心，大概是保險絲燒斷了，我知道怎麼做，我去修。」派翠西亞說。

她摸黑穿過社長辦公室前的迎賓室，來到位於同一層樓四樓的樓梯間。一樓的燈還亮著，因此昏暗之中勉強泛著微光。派翠西亞從狹窄的儲藏室搬出一把小型六階人字梯，她撐開梯腳，靠牆放置。當她爬上梯子時，似乎聽見黑暗中傳來某種輕微的聲響，一陣恐懼猛然襲上心頭。

「他」在那兒，她很肯定，他在那兒，躲在昏黑之中，像一頭窺視獵物的野獸，隨時準備進攻……

這傢伙神祕可疑、令人畏懼，她不曾見過他的眞面目，卻知道他的存在。她曉得這人是阿雷米社長的特別祕書，是個從未現身的祕書，同時身兼保鏢、密探、助理等身分，他被賦予很多特殊的權限，什麼都管。這個謎樣的男人狡猾、危險、陰沉，派翠西亞無時無刻不意識到他的存在與覬覦，儘管她勇氣過人，卻仍擔心受怕。

她攀附著梯子，膽顫心驚，側耳傾聽……沒有聲音，應該沒人，大概是自己弄錯了……她強抑內心的忐忑，試著擠出微笑，開始工作。

她先取下斷裂的保險絲，換上新的，並修好變電器。燈又亮了，燈泡在毛玻璃的遮掩下透出光亮來。

突然，有人發動攻擊。埋伏在暗處的傢伙倏地出現在派翠西亞正下方，雙手抓住這名年輕女子的膝蓋，令梯上的她重心不穩。她快嚇暈了，喊不出半個字，接著滑落梯子，跌進底下張開的雙臂。那雙手臂抱住她，順勢將她放在地板上——派翠西亞癱倒在地，無法出聲，也無從抵抗。

派翠西亞明白攻擊者魁梧高大、力大無窮，她想掙扎逃脫，卻徒勞無功。在男人的緊抱之下，她就像被制伏的獵物般動彈不得。

男人抱著她，在她耳邊低語：

「別做無謂的反抗，派翠西亞。別出聲，否則老阿雷米若是聽到聲音趕來，目睹妳躺在我懷裡將作何感想？他會以爲我們是同夥，但這麼想也沒錯，妳我的作爲與目標一致，都是想滿足自己的野心，儘快奪得財富與權力。但派翠西亞，妳這是在浪費時間，妳不可能因爲當上老阿雷米他兒子的情婦而撈到什麼好處。小阿雷米是個蠢貨、廢物，至於老的嘛，水準跟小的也差不多，而且他正在研議某件大事，和他一起商討對策的那個朋友菲勒德，同樣是物以類聚。一點沒錯，老阿雷米就等著自毀前程吧！派翠西亞，假如我們能攜手合作，要不了六個月，《警察線上》就會落入我倆手中，而我們都很清楚該怎麼錢滾錢，怎麼以小搏大！訂報戶數、廣告收益、醜聞封口費、敲詐勒索，方法用之不竭，應有盡有，只不過必得深諳其道，而我正是箇中好手！但誰教我卻愛上了妳，派翠西亞，這是我的力量也是弱點。助我爲王，成爲無所不能的主宰吧，我會和妳共享一切罪罰與勝利！我們可以主宰全世界，妳很清楚，不是嗎？妳願意吧？」

她激動地回應著：

「放開我……現在先放開我。我們晚點再談……找別的時間，找個不會被人聽見或撞見的時候說……」

「好，那就先爲這項協議證明妳的誠意……給我一個吻，我就放妳走。」

派翠西亞六神無主。男人滿身酒氣，她料想男人湊上前的臉必定猙獰恐怖，熱氣從男人口中竄出，停落在她的項頸及臉頰，他搜索她的唇，她卻下意識別過頭去……耳邊又響起男人的聲音：

「我愛妳，派翠西亞。妳知道這份愛足以使我們合作的力量備增嗎？那對阿雷米父子一無是處，全是窩囊廢……只有我明白妳的願望，而且能讓妳夢想成眞，甚至給妳更多。愛我吧，派翠西亞。這世上沒別的男人像我這樣兼具能力、智慧、決心及活力於一身。啊，我知道妳就快屈服了，派翠西亞，我的話妳聽進去了，妳心慌意亂了……」

他說得沒錯，儘管對此人厭惡反感，她也漸漸把持不住，腦袋裡升起一股莫名的暈眩，她唯恐自己會被帶往最可怕的終點。

男人發出低沉的冷笑，接著又說：

「那麼，妳是同意了，派翠西亞……妳現在可是處於深淵邊緣，再也無力抵抗。我可憐的小傢伙，別以為妳是個弱小的女子才有這種感覺！事實上，誰在我面前都會同樣感到惶恐與焦慮。我這人全憑強大的意志掌握一切，突破困境，擊垮阻礙……妳說，能夠將命運交到我手上的人幸不幸運？妳一定會同意我說的話，不過妳無須害怕，儘管我的同夥及敵人（噢，我沒有朋友……）都叫我狂人，他們甚至稱呼我為猛獸、劊子手、冷血動物……但說真的，我這人善良得很，一點也不壞。」

派翠西亞不知所措，此時此刻誰能救她？

突然，那雙原本緊摟著自己的大手鬆開了。猛獸悶哼一聲，似乎正遭受著極大疼痛。

「怎麼回事？你是誰？」他痛苦地呻吟。

對方聲音低沉，帶著嘲諷的口吻答道：

「我當然是個紳士，更是菲勒德先生的司機兼朋友，他要我載他回長島的老家，和他父母共進晚餐……或許還住上個一宿。這樣，你聽懂了嗎？我剛好路過這裡，聽見你的高談闊論，說得實在太好了，猛獸。但你自稱是眾人主宰、高高在上，恐怕是弄錯了。」

「我沒說錯。」猛獸低聲反嗆。

「我來告訴你爲什麼，你上面還有老大呢！」

「我，老大？報上名號來聽聽。我有老大？你別說笑了，我說，這世上只有大名鼎鼎的亞森·羅蘋才能讓我服氣。難不成——你認識亞森·羅蘋？」

「這裡只有我發問的份，哪兒輪得到你！」

猛獸思索半晌，接著顫聲道：

「仔細想想，這也不是沒可能！我曉得亞森·羅蘋此刻人的確在紐約，不知道正跟老阿雷米、菲勒德在密謀些什麼事。聽說這個人有一套擒拿絕技，他有辦法扭斷最強壯的手臂……難不成你就是亞森·羅蘋？」

「用不著管我是不是亞森·羅蘋，你只要知道我是你的老大，服從就對了。」

「我？服從？別癡心妄想了。無論你是不是亞森·羅蘋，我的任何事都與你無關！菲勒德在老阿雷米的辦公室裡，你快去找他吧，別煩我！」

「你得先溫柔地放開這位女士！快點！」

「免談！」

那雙迫人的手再度襲擊派翠西亞。

「免談？那算你倒楣，自討苦吃，看來我得再扭一次。」

下一秒，猛獸發出恐懼的痛苦低吼，彷彿快被奪走性命似的。令他不由得鬆開女士的手臂，隨即像具脫了關節的木偶般踉蹌跌倒。

這位搭救派翠西亞的神祕恩人趕緊扶她起身。派翠西亞站在他面前，呼吸急促，渾身顫抖，喃喃地說道：

「小心！這個人很危險。」

「您認識他？」

「我不知道他的名字，也沒見過他，但是我知道他跟蹤我，我很怕他！」

「下次遇到危險就叫我，只要我聽見了，而且人在附近，一定趕去保護您。喏，這個小銀哨妳留著，這是神奇魔哨，聲音能傳得很遠，遇到危險時妳只要不停地吹哨子，我就會來……不過，妳得繼續提防這頭猛獸，他比任何惡棍都惡劣。如果可以，我一定會以最快速度將他繩之以法，可惜沒有人知道此人的陰狠卑鄙……所有人都低估了他的危險性，眞是錯得離譜！」

神祕男子彎下他那高大靈活的身子，俊秀的臉龐掛著優雅的微笑，彬彬有禮地吻了派翠西亞的手。

「您眞的是亞森・羅蘋？」她喃喃道，試圖看清男子的面孔。

「這不重要吧！難道您不願接受我的保護？」

「啊，當然願意！只是我仍然想知道……」

「太好奇不是件好事。」

派翠西亞不再堅持，隨即轉身離去，走回《警察線上》社長辦公室。她為自己離開太久向兩位男士致歉，聲稱她剛才身體不太舒服。

「現在好些了嗎？」老阿雷米關心地問，「我想應該是的，我看您臉色好多了。」

接著，他換了口吻，正色道：

「我們得談一下，我有重要事情跟妳說！」

社長親切關懷的態度，讓派翠西亞撇開紛亂思緒，回復原有的理性冷靜。老阿雷米拉了張椅子給她，派翠西亞坐下，看著社長，等他開口。老阿雷米沉默半晌後表示：

「派翠西亞，妳進報社十二年了，什麼大小職務都做過，如今妳待在我身邊也已經五年了，妳可知道我為何選妳做我的祕書？」

「大概是覺得我適任吧。」

「沒錯，但適任的人選不只妳一個，還有別的原因。」

「能告訴我嗎？」

「首先，妳外型姣好，而我偏愛美女，請原諒我在自己的好友菲勒德面前說這些，但畢竟我跟他之間是沒有祕密的。另有一個原因，是因為妳這輩子遇上了某件悲慘遭遇，而我恰好瞭解事情的原委。我知道我兒子亨利曾經看妳年輕美麗，而且無依無靠，便展開攻勢追求妳，還答應與妳結婚。他成功贏得了妳的心，而妳也欣然接受了他的愛。但沒想到之後他卻拋棄妳，以爲給點錢就能打發妳，沒想妳居然一口回絕，而他沒多久就改娶門當戶對的權貴名媛爲妻。」

派翠西亞滿臉通紅，將臉埋入雙手中，吞吞吐吐地說：

「社長……您別說了，我一直爲曾經犯下的這件荒唐事感到很丟臉，情願一死了之……」

「妳要爲一個不尊重人的小混蛋去死？」

「別這麼說您的兒子，求求您……」

「妳還愛著他？」

「不，那都是過去式了。而且我在心底已經原諒他了。」

老阿雷米突然激動起來。

「我可沒原諒他，我兒子是個混蛋！所以我才特別要妳到我身邊工作。」

「您把這當成對我的補償？」

「是的。」

派翠西亞抬起頭，直盯著社長看。

「我若事先知情，一定會拒絕到底，就像拒絕令郎想拿錢打發我一樣。」她義正辭嚴地說。

「那妳要靠什麼生活？」

「就像過去那樣，工作賺錢……這裡下班後，晚上到別的地方兼差，而且清晨上班前還能再打一份工，身兼三職照樣能扛起家計。感謝上帝，在這世上只要身強體壯、肯積極打拚，就能憑自己的力量活下去。」

老阿雷米皺起眉頭。

「妳很有骨氣。」

「確實，我有一身骨氣。」

「而且非常積極上進。」

「是的。」她自信堅定地平靜以對。

又是一陣短暫的沉默，接著，這位掌理《警察線上》報務的阿雷米社長說：

「剛才我在辦公桌上，看見妳針對那起三胞胎謀殺案寫的報導。」

派翠西亞臉色驟變，連聲音都變了調。此刻的她像個寫作新手，內心對評審即將發表的意見感到七上八下。

「社長，您……已經撥冗讀過了？」

「是的。」

「那麼您滿意嗎？」

阿雷米社長搖搖頭。

「妳在稿子裡提及所有關於此案的內情，包括犯罪動機、可疑嫌犯等等推敲敘述都可能是眞的，通篇而論算是巧思獨具、條理分明，這表示妳擁有非常優秀的判斷力與想像力。」

「所以，您會刊登？」派翠西亞開心地問。

「不會。」

她不禁跳腳。

「社長，這是爲什麼？」她語氣微變。

「因爲稿子寫得很差。」

「很差？但您剛剛不是說……」

「是文章本身寫得很差。」老阿雷米解釋道，「妳知道的，在我看來，犯罪新聞報導的價值不在於推敲事實眞相，重點在於呈現的筆觸。」

「我不太懂您的意思。」派翠西亞說。

「妳馬上就會懂了。假設……」

老阿雷米稍稍停頓，有點後悔自找麻煩，得讓他費上一番唇舌解釋，最後他決定長話短說：「假設我馬克・阿雷米捲入某件陰謀，萬一在今晚慘遭謀殺，且將由妳負責撰寫凶案報導，那麼妳就應該在稿子裡特別強調我倆此次的會面，並加進感傷成分，讓讀者一開始就嗅到可怕結局的氣息，然後逐漸加強扣人心弦的力道，直至文章結束。傑出記者與作家所運用的寫作技巧，無非是情節的鋪陳、上演，及突顯幾處關鍵重點，掌握某種能立即吸引讀者興致的東西。至於是什麼東西，我也說不上來，那需具備某種能力。我想，如果您並不具備吸引人閱讀妳文字的天賦才能，或許不如去學做禮服或襯衣之類的專業技能，別來當作家，也別寫文章。妳懂我的意思嗎，派翠西亞・強斯頓？」

「社長，我明白了，我想我應該像剛入門的寫作新手一樣，從最基本的學起。」

「沒錯。妳的文章是有些不錯的元素，但整體呈現卻和小學生寫文章沒兩樣，缺乏重點，毫無可看之處。再寫一次，多寫幾篇，我都會看，也還是會退稿，直到妳寫出水準之作為止。」

他繼續笑著補充道：

「不過，希望我別眞成了凶殺案的受害主角才好，然後得讓妳爲了釐清我的神祕死因，而寫出一篇篇層層抽絲剝繭的凶殺案報導。」

下一秒，派翠西亞憂心地望著這位她跟隨了好幾年的上司，又激動又誠摯地說：

「社長，您嚇著我了，難道……您是預見了什麼？」

「沒有，絕對沒有這種事。只是辦這種類型的報紙，當然會令我的人生與這世界產生很不一樣的連結，像是報上刊登的某些文章總不免會爲我招來仇恨與報復等等，也算是職業風險的一種吧。別提這些了。派翠西亞，我們來談談妳，談妳的現況及未來。妳幫了我很多，爲了保證妳生活無虞，我簽了一張兩千美元的支票，妳可以拿去兌現。」

「社長，這太多了。」

「以妳為我所做的一切，還有看在妳未來的潛力上，這金額還嫌太少。」

「萬一我做得不好呢？」

「不會的。」

「您對我這麼有信心？」

「當然！我對妳抱有百分之百的信心，而且更想敞開心胸對妳說說心裡的話。派翠西亞，妳知道的，男人到了一定年紀，總需要更強烈的感情、更大更複雜的企圖心，我的好友菲勒德和我就正處於這個階段。為了替我們無聊單調的生活創造新奇又夠勁的趣味，我們準備做一番前所未見、舉世矚目的大事，這件事需要我倆付出畢生經驗及全副心力，而且除了能滿足我們好強的天性，其實就連動機本身也非常高貴。我們預定達成的目標十分崇高偉大，完全符合老清教徒的刻苦嚴謹情操，畢竟我們一向厭惡任何形式的邪惡。派翠西亞，我很快就會告訴妳詳情，妳完全有資格參與這場野心之役。菲勒德和我即將前往法國完成計畫，一起來吧，我已經很習慣有妳的協助，這一次我比任何時候都需要妳在一旁幫忙，我十分希望妳能在我身邊。假如妳同意，這將會是我們……我們的……」

老阿雷米欲言又止，尷尬害羞，不知如何把話說完，或者，是不敢說完。他握住派翠西亞的雙手，放低音量，靦腆地繼續往下說：

「我們的蜜月旅行，派翠西亞。」

派翠西亞十分驚訝，懷疑自己聽錯了，她根本沒料到這份突如其來的求婚。對方的脫口而出儘管冒失笨拙，態度卻非常誠懇，著實令她感動。她激動驕傲，控制不住眼淚，撲進了老人的懷裡。

「謝謝您！噢，謝謝您，這等於是恢復了我的名譽啊！但社長，我怎麼能接受？您和我之間，還夾著令郎。」她移開尷尬的眼神。

老阿雷米皺著眉。

「我兒子過日子只顧他自己開心，我這人則依道德良心而活。」

派翠西亞紅著臉，語氣彆扭異常，她輕聲地說：

「社長，有件事我想您還不知情。我有個孩子……」

他大吃一驚。

「孩子！」

「對！亨利的孩子，我的心肝寶貝，我發誓用生命保護的孩子。他叫魯道夫……長得眉清目秀，貼心又聰明……」

「他身上不也等於流著我的血？我兒子的小孩成為我的兒子倒也合理，可不是？」

「不，不合理。」佛烈德里・菲勒德打岔，雖然他聽到孩子的事也同樣感到震驚不已，只不過表面上態度依舊冷靜。

老阿雷米轉向他，鬱結地問：

「所以，菲勒德，你覺得我該放棄？」

「放棄……我可沒這麼說，但請靜下心來，思考後續發展。此事情況特殊，未來很可能眾所皆知，然後外界會把它視作您的人生污點，想盡辦法為你扣上失德的帽子。」

老阿雷米想了一會兒。

「好吧！」他終於不情願地說，「順其自然吧，時間總會幫戀人找到出路。無論如何，派翠西亞，」他又補了一句，「這些事應該不會影響我們平常的相處及合作方式吧，我們依然能配合無間，妳說是吧？」

派翠西亞見眼前這名長者如此緊張顫抖，深怕失去她這渺小的祕書，內心不禁又是一陣感動。

「當然，社長先生。」她回答。

接著，老阿雷米拉開抽屜，從裡面拿出一只信封，上頭寫著派翠西亞的名字，他說道：

「信封裡裝有一份我寫給妳的文件，六個月後，也就是九月五日，妳再打開來看，並確實遵照文件上的指令行事。從現在起，信封交給妳保管，請務必隨身攜帶或找個安全的地方放置。別讓任何人得知此事，誰都不行！」

派翠西亞接過信封，俯身讓老阿雷米輕吻她的額頭，接著向菲勒德伸出友善的手——這份臨走前的道別好似立下了永久之約：

「社長，明天見。不只明天見……而要天天都見……」

她走出迎賓室，老阿雷米及菲勒德也隨即跟著離開。他們在樓梯間發現底下三樓通往二樓的方向，有兩個男人正一前一後下樓，後頭那名男子身材高大，肩膀厚實，看起來笨手笨腳的，他偷偷摸摸，快步追趕，小心翼翼不讓前面那人聽見自己的腳步聲響。當他追上時，冷不防高舉起右手，刀光一閃，派翠西亞想出聲呼喊，聲音卻硬是卡在喉間——只見那隻手往下一揮，但在刀子就要刺進前方男子背脊的瞬間，那男子突然一個彎腰，轉而抓住偷襲者的雙腿，力道之大，導致對方重心不穩跌倒，他便順勢將那人從扶手丟下樓梯井。偷襲者笨重地跌落至二樓階梯，滾了好幾階，發出慘叫。

老阿雷米不禁笑出聲來。

「社長，您爲什麼笑呢？」派翠西亞問，「碰上這等倒楣事的，可是您的那位神祕祕書，您的心腹啊！」

「他讓人給上了一堂寶貴的課，」老人滿意地回答，「猛獸這惡棍，有時還滿讓人討厭的，稱他全民頭號公敵也不爲過。剛才差一秒，他就快刺中自己的同路人。那傢伙還眞厲害，居然能夠反制猛獸。我聽過那人的名號……你呢，菲勒德？」

「我也聽過。」菲勒德毫不遲疑地回答。

兩名老人再度上樓，因爲老阿雷米把裝有重大機密文件的公事包，忘在自己的辦公桌上了。

派翠西亞則繼續往一樓走去，但到了樓下，那兩名打鬥的男子已然消失無蹤。

「眞可惜，」她心想，「那人大概就是亞森·羅蘋吧，眞想再看他一眼！」

她步出大樓，極力壓抑激動的情緒，外頭的空氣讓她覺得好多了。夜晚的街道人聲嘈雜，路燈紛紛點亮，派翠西亞往右轉，來到一處比較安靜的小花園，找了個地方坐下。她需要思考。儘管新聞撰稿處女作失利令她感到沮喪，但社長對她說的那些體己話，以及對她的未來很有信心等言語，已帶給她強有力的支持與安慰。而提議結婚一事，更像是對她糊塗過往的寬恕，啊，她總算贏回了身分地位，即將徹底脫胎換骨。

派翠西亞是個孤兒，一名年長的親戚勉強收留她，但根本不疼愛她，對她漠不關心。她的青春期是那麼苦澀而孤獨，任何孩子氣的舉止或情緒全然不被允許。在這種環境下長大，她只求能儘快自食其力。收養她的那位親戚過世時，她剛好完成學業，而親戚留下的遺產只夠她生活幾個禮拜，但派翠西亞毫不退怯，一心只想投入職場。她是個很不錯的打字員，因此很快便得到了工作，儘管薪水微薄，倒也足夠溫飽。

派翠西亞偶爾會利用週末晚上到另一家公司兼差，在那兒她認識了亨利・馬克・阿雷米。男子當時年紀很輕，長相英俊，一臉誠懇又熱情，他對這位年輕、孤獨、迷人又單純的女孩展開了追求。陷入熱戀的派翠西亞，陶醉於白頭偕老、幸福終身的想望，她對未來充滿信心與期待，渾然不知這令她深陷其中的濃烈愛情正逐漸降溫。幾個月的幸福時光過後，繼之而來的竟是背叛與拋棄，對方狠話說盡、無預警地提出分手，撕碎了她的心。更令人難受、痛徹心扉的是，她只能讓自己看輕這個她曾深深愛過、或許仍未忘情的男人……

幸好，剛出生的嬰孩為她開啓了生命新章。孩子尚在襁褓時期，派翠西亞已將未來的全副希望寄託在兒子身上，她對自己的人生早就不抱期待，只能傾盡所有疼愛與冀望給小魯道夫。這孩子，就是對付他那無情無義父親最好的報復，她會把這孩子教養成一個眞誠高貴的男人，那是亨利・馬克・阿雷米身上所沒有的，那是他不可救藥的殘缺。當時的她雖然成了一名母親，自己也仍是個孩子……

隨著時間流逝，派翠西亞逐漸掙脫悲慘的過去，生活回到常軌，不再那麼索然無味。將兒子養育得品德高尚，這心願仍是支撐她活下去的最重要動力。而如今，實質上和精神上的人生機會，突然出現了，阿雷米社長不正是她和兒子最堅實的支柱嗎，正好可以塡補那鬼話連篇、卑鄙懦弱的亨利・馬克・阿雷米對她們母子的虧欠？派翠西亞在低垂夜幕間，望見了美好光明的未來。

過了好一會兒，派翠西亞重回現實，起身前往她習慣去的那家小餐館用晚餐，之後便例行公事般準備返回寒酸的單身女子居所，居所裡的這位強韌小女子可是為了生活而每日努力賣命。突然，派翠西亞停下腳步。她發現，花園對面某棟建築物一樓的低矮小門沒關上；她知道，只要進入這道小門，通過數條長廊及無數階梯，便能通往阿雷米社長放置保險箱的那個小房間，社長的確經常利用此出口離開報社。

此刻，老阿雷米正巧現身，身旁則是他的好友菲勒德。

兩位男士都沒看見派翠西亞，他們穿過花園，走向一條與主要街道平行的小路。

chapter 2

十一人密會

派翠西亞暗中跟蹤他們，驅使她這麼做的並不僅出於單純的好奇或探人隱私的心情，而是她沒忘記老阿雷米方才提及的那場冒險大計，一場危機四伏、很可能害他送命的冒險。他會不會正處於威脅之下？她難道不該對社長的那番話多幾分警覺？她的職責不就是留意老闆的動靜嗎？阿雷米社長和菲勒德夜晚聯袂外出，想必與那場冒險有關，所以她更該採取行動。

這兩位好友一直往前走，完全沒轉頭查看四周，只見他們手挽著手，熱烈交談著。老阿雷米的手上還提著一只褐色眞皮公事包，菲勒德則是邊走邊把玩他的手杖。

兩人走了許久，派翠西亞仍一路偷偷跟隨，緊追不捨，途經好幾條派翠西亞從未走過的路，但這兩位男士沿路毫無遲疑，逕直地往前走去，似乎對路況相當熟悉。

最後，他們繞過一座寬闊的方形廣場，其中一側的長廊飾有整排廊柱，廊柱下方有一排店鋪，店鋪的百葉窗互相挨著，而且夜已經這麼深，它們早已全部拉上。其中幾間店鋪外觀看起來十分相似，不僅格局相仿、大小一致，裝潢也很雷同。店鋪與店鋪之間有大門隔開，那是通往樓上住家的出入口。

老阿雷米突然停下腳步，打開其中一扇門。派翠西亞躲在廊柱拱頂的陰影處，距離他們不遠，甚至可瞥見門後通往二樓的頭幾級階梯。

老阿雷米先走上樓梯，菲勒德則跟在後面，大門隨即關上。但老阿雷米似乎在樓上停留不到一分鐘便下了樓，因爲她看見一樓店鋪裡面亮起了燈，光線從店外鐵捲門上的星形小洞透了出來。

有幾分鐘，四周寂靜無聲。

十點的鐘聲響起，隨即出現兩個步履緩慢的男子在廊柱拱頂下閒晃。派翠西亞再往暗處躲好，按兵不動。那兩人走到店鋪旁，其中一人手裡拿著金屬器物，輕敲店門。鐵捲門上的另一扇低矮小門立刻打開，兩名男子快速閃身進入，小門旋即關上。派翠西亞的心噗通噗通跳著，她繼續監視，隨後又見到四個男人從容而行一起走來，一副看似隨性散步而至的模樣。他們最後也在店鋪前停下，並敲打店門，小門同樣很快打開。四人消失在門後。

緊接著，某位男子獨自前來，一樣敲門進入。沒多久又來一位。最後，來了一名體型高大的男子，他將臉孔藏在壓低的帽簷及寬大的灰色羊毛圍巾裡。

派翠西亞數了數，總共十一人，她等了幾分鐘，未再見到有人前來。所以，包括最先抵達、等待眾人的老阿雷米及菲勒德在內，屋裡共有十一人。但其他人的身分呢？這些人予人的氣質似乎散布於社會各個階層，他們究竟是些什麼人，又爲何而來？他們掩人耳目地聚集在這間看似歇業的店鋪，到底有何夜間任務要執行，而且還特意選在這麼偏僻的地區集會？

她再次想起社長說過的話，難道這就是他提及的冒險大計？菲勒德也參與其中嗎？這個大膽冒險的計畫，是否眞可能爲阿雷米社長招致死亡威脅？

派翠西亞憂心忡忡，急得像熱鍋上的螞蟻，萬一老阿雷米被人殺害怎麼辦？她差點就要跑開，打算攔下第一個見到的路人，問他最近的警察局在哪裡……

但她立刻恢復鎭定。她對他們的計畫一無所知，她哪有權力介入？也許根本一點也不危險。既然老阿雷米安排了這場聚會，想必對情況有所掌握，若眞有危險，也是他甘願面對的風險。那麼，她又有什麼理由干涉，甚至打亂他的計畫，還冒失地讓警察來瞎攪和？爲瞭解救可能並不存在的危機而魯莽行事，或許才會引來眞正的災難，可不是嗎？

派翠西亞繼續留在暗處等待。時間一分一秒過去，一小時、兩小時……終於，鐵捲門上的小門再度開啓，先是出現三個男人，接著第四個、第五個。派翠西亞小心翼翼地藏匿著，目不轉睛，盯著前面十位男子離去。她看見了繫圍巾那位，也認出菲勒德，唯獨不見老阿雷米！

派翠西亞又沉著地等了一會兒……突然，她發現圍巾男子再度現身。男子折返，往店鋪方向走來。他像先前那般輕聲敲打，小門開了，男子隱沒在門後。

大約四、五分鐘後，圍巾男子露出身影來，他溜出小門，手上拿著老阿雷米的那只褐色眞皮公事包，匆忙離去。

派翠西亞起了疑心。這個男人爲什麼能拿到這只公事包？她盤算著，究竟該待在原地等候阿雷米社長出現，或跟蹤圍巾男子？她沒考慮太久便決定跟蹤圍巾男。她快步向前，跟上對方。男人步伐急促，神色顯得慌張，不時左顧右盼，留意背後動靜，所以派翠西亞得非常小心，以免被發現。她不敢追得太緊，卻又擔心隨便哪個街口一轉彎，人就跟丟了，畢竟她對這個地區很陌生。突然，男子發足狂奔，派翠西亞連忙跟著跑，直追到一處連接了好幾條街道的路口，該走哪條路呢？男子已然失去蹤影……

派翠西亞微微喘著氣，停下腳步。這趟追逐顯然白忙一場。

她內心很氣惱，爲自己的笨拙感到羞愧，卻只能無奈地聳聳肩。誰教她自作聰明。啊，眞是個蹩腳偵探，監視了好幾個小時，最後仍然一無所獲……而且她現在才想起，自己連那間眾人集會的神祕店鋪確切位址都不曉得，這下甚至找不到事發地點……嗯，是有廊柱拱頂沒錯，但就算帶她去現場，她就一定能認出來嗎？努力了大半夜，結果卻只是個徒勞無功的夜晚……

她不知所措，心情低落，漫無目的地隨大街上的人潮移動。沿途有許多酒吧，燈火通明，裡面的酒客個個看起來鬼祟可疑，尖叫笑鬧聲此起彼落。派翠西亞有點害怕，她快步前進，不敢問路……放眼望去沒半個警察，幾個模樣恐非善類的傢伙尾隨而來，意圖搭訕，她只得越走越快，當陣陣新鮮空氣迎面而來時，她想自己應該很接近水邊。四周變得安靜，人潮變得稀疏，照明也沒那麼亮晃刺眼。果然，她來到了某個港口，這裡到處擺放著機具設備、沙包水泥、成堆木材，還有數個木桶並列，有的桶子裡空無一物，有的裝滿東西。

突然，一隻手攫住她的肩膀，她感到驚恐顫抖。

「啊，原來妳在這兒，派翠西亞！我眞幸運，我們又見面了。我再也不放開妳囉，美人兒！別掙扎，沒用的！」

雖然派翠西亞無法辨認此人的聲音及樣貌，卻直覺認爲他就是人稱「猛獸」的狂人，也就是今天下午在《警察線上》報社樓梯間襲擊她的男子。她試圖掙脫，但肩膀上那隻手卻如鐵箝般緊抓不放。男人又開口了，嘲諷且語帶威脅：

「我的小美人，讓我藉這個機會警告妳，妳現在可是走在險路上，居然當起偵探啦！妳這是替誰做事？又是出於對誰的愛？老阿雷米！天殺的，所以，兒子之後輪到老子囉？離不開這家子就是了。妳聽好，美人兒，假如妳膽敢將今晚看到的事透露一個字，妳就完蛋了。對，完蛋，妳，還有妳的小魯道夫；我敢向妳保證，妳的寶貝兒子會送命！所以，乖乖閉嘴。如果妳不想生活被打擾，就別管我們的閒事。懂了沒？爲了表示妳同意這約定，來個吻吧，小美人，一次就好，不過要吻得眞心又深情喔！」

男子死命抱緊，企圖觸碰手中獵物閃躲的雙唇。下午的襲擊又上演了。派翠西亞怕被猛獸勒死，不敢呼救，只得拚命掙扎。男人發火了，低聲咆哮著：

「妳還眞是死腦筋！一個吻，只要一個吻，我就讓妳加入計畫，這件事有一大筆錢可撈，再說一次——一大筆錢！到時候，妳的魯道夫想當公爵、王子，甚至當國王都沒問題。結果，妳居然拒絕我？妳以爲跟著老阿雷米能有這等好處？蠢到極點，該死的畜生……」

下一秒，派翠西亞像隻生氣的母貓伸出她銳利的指甲，用盡全力抓傷男子。男子臉上冒出血來，吆喝道：

「亞伯，小老弟，快來幫我！」

碼頭暗處立刻閃出一個水手打扮、身高六英尺的彪形大漢，他聽見了猛獸的呼喚正火速趕來。來了個幫手，猛獸輕鬆制伏派翠西亞，逼她跪倒在地。

「抓住她，亞伯！等等，這裡有個小籠子，把她關進去，諒她怎麼再抓傷人，也休想逃跑。」

猛獸早就發現碼頭上那些空木桶，壯漢幫著他扛起派翠西亞，粗魯地將她屈身塞進木桶，只露出頭來。

「亞伯，待在這裡好好看著她。」猛獸下令，「如果她想大叫或逃脫，就拿鞋敲她的頭，讓她像蝸牛一樣縮進殼裡。我一個小時後回來。你知道我是去哪兒，對吧？工作只完成了一半，我得去收尾。打鐵要趁熱，既然機會站在我們這邊，可得好好把握，我不會少了你的好處。派翠西亞，乖乖地等我一會兒。妳覺得冷嗎，沒關係，我投宿在「海洋酒吧」，那地方就在附近，一會兒就帶妳過去，讓妳暖暖身子……至於你，水手，別忘了我的命令——務必讓她安靜，除了拿鞋子敲頭，也可以吻吻她，這小騷貨她可喜歡了！」

猛獸一陣冷笑，隨即從一個大袋子裡取出褐色真皮公事包，揚長而去。

派翠西亞被囚禁在木桶裡，顧不得處境如此荒謬難堪，只感到極度害怕與恐懼，隨即更多了份厭惡的情緒——猛獸一走，水手立刻彎腰，直貼著她臉，滿嘴酒氣菸味令人一陣噁心。

「原來妳喜歡玩這套？」他低聲說道，語氣猥瑣，「那我們可以來好好玩玩。猛獸那傢伙，我可沒把他放在眼裡！妳吻我一下，我就拉妳出來。」

「先拉我出來。」派翠西亞輕柔地說。畢竟這討厭的粗人可能是她的救星。

「妳答應了？」他半信半疑地問。

「當然，你那點要求不算什麼！」

「我要得更多！」他露出酒鬼般的渾笑，「好，我就姑且信妳！」

他猛地抓起木桶，像玩雜耍那樣反轉木桶。派翠西亞隨即掉出桶外，跌落在泥濘的地面，一骨碌地爬起。

「好啦，我的香吻呢？」壯漢問，伸直雙臂往派翠西亞走來。

她往後一躍。

兒？」

「吻你？沒問題。你想幹嘛都行。但別在這兒，太冷了，也可能被人撞見，猛獸的房間在哪

壯漢在黑暗中伸出手指。

「妳看見那邊的紅色燈光嗎？那裡就是海洋酒吧。」

「我先過去，」派翠西亞刻意柔聲說道，「你等會兒再過來，我在酒吧等你。」

她不慌不忙地溜走，爲自己得以順利脫逃竊喜不已，完全不感到疲累。但現在有件事令她極爲擔憂。猛獸臨走前丟下的話令她忐忑不安——另一半未完成的工作所指爲何？準備收什麼尾？難道他打算殺人？

她趕忙往小酒館林立的街道走去，來到掛著紅色招牌的海洋酒吧。

「咖啡，還要一杯白蘭地。」她對酒吧的侍者說道，「電話在哪兒？」

侍者帶她去電話室，她翻開電話簿。

她不知該從何下手，腦袋裡飛快翻轉念頭，一邊自言自語：

「冷靜下來想想……該通知誰？警方？不，先告訴菲勒德吧，他應該已經回到家了……啊，他有危險。沒錯、對，快打給菲勒德……」

她用顫抖的手指撥動轉盤，有人接起電話。

「喂……喂……」她的聲音因激動而沙啞。

電話那頭傳來菲勒德遲疑不安的聲音：

「喂……哪位？是您嗎，馬克・阿雷米？猛獸剛到。」

派翠西亞不禁爲之顫抖。該警告菲勒德嗎？不，這教老人如何保護自己？或許她該嚇嚇那個惡棍，於是接著開口：

「對，我找他，馬克・阿雷米託我帶話給他。」

她很快便聽到猛獸冷酷嘶啞的聲音：

「喂，是誰？」

「是我，派翠西亞……我勸你快逃，我已經報了警，他們知道你對菲勒德打什麼主意。馬上滾吧！」

「唷，是妳啊！」他聲音平靜，沒特別激動，「所以那蠢水手的老毛病又犯了……好吧，我這就離開，但還得再五分鐘，我還有話跟菲勒德先生說。」

派翠西亞顫抖著，聲音卻越發堅決、不容妥協：

「你最好小心點，猛獸。我說了，警方已經在前往的路上，甚至應該已經包圍了屋子。犯罪之前，不妨先想想坐上電椅的後果……」

「眞是謝謝妳的關心。」猛獸語帶譏諷地說，「那我得加快動作了。」

話筒那端一陣靜默。接著，突然傳來一聲悶哼——是垂死的叫聲。

「啊，這惡棍！」派翠西亞喃喃道，她喘著氣，差點就快昏倒，那惡棍居然殺了菲勒德。

派翠西亞心慌意亂地掛斷電話，走出電話間，丟了錢給服務生後準備離去，卻發現水手正走進酒吧，只得刻意躲開。到了外頭她才拔腿狂奔，湊巧看見一輛計程車，立刻跳了上去。派翠西亞腦子一團亂，她沒告訴司機菲勒德的住家或報社地址，反而不自覺地報上自己的住址，彷彿一頭受傷的野獸，急著躲回安全的藏身處。

她突然覺得好累，很想一死了之。她想躺下來，好好睡一覺，忘卻這起自己早有不祥預感、卻無力挽回的悲劇。今夜這一連串事件，她實在沒辦法面對了。

她睡得很不安穩，頻頻被可怕的惡夢驚醒。夜半時分，她失眠了，老阿雷米口中的大事似乎越來越駭人，而公事包被偷一事更加深了她的疑慮。然而，派翠西亞卻沒想到合理的推論應該是——假如老阿雷米的公事包不翼而飛，肯定是遭人強行奪走……她雖百分之百肯定菲勒德已經慘遭猛獸的毒手，卻絲毫不擔心上司阿雷米社長會有同樣的遭遇，因爲她堅定地認爲他不會有事，也沒有任何不好的預感。

隔天來到報社，她萬分驚訝地看著亂哄哄的辦公室，編輯室裡騷動混亂，這才得知——社長在自由廣場的某家店鋪裡，遭人一刀刺入心臟。自由廣場！就是那兒，有著廊柱拱頂的廣場！

派翠西亞勉強撐起身子，不讓自己昏倒，不讓自己狂叫出聲。這消息太令人震驚，湧上心頭的是最深刻揪心的內疚。她本來可以拯救社長的不是嗎？她該採取行動的不是嗎？她滿腦子都是自己該對這樁凶案負起責任，她把自己當罪人，為沒有採取行動自責不已。而在此悲傷哀痛之際，其餘的事她根本無心理會；一直到後來她才知道警方最早是如何接獲報案、探員在店鋪搜索的結果以及對店鋪主人的訊問，還有為何在該店鋪舉行集會等細節。

她自然讀遍了所有的晚報，所有有關這起凶殺案的報導。各家報紙的消息不盡相同，評論各異，對受害者的描述幾乎錯得離譜。由於受害者是大名鼎鼎的報社老闆，更令各界對這起神祕命案議論紛紛。

每份晚報亦提及另一樁同樣駭人聽聞的凶案，但派翠西亞毫不感到驚訝，因為那人遇害時，她在第一時間不正拿著話筒聽見死者最後的哀鳴嗎？報上所說的正是律師佛烈德里．菲勒德的命案。這位早該於前晚搭船前往歐洲的紳士，竟在自己家中遭人謀害，據傳有個陌生人前去拜訪他，然後往他心臟刺了一刀——這與《警察線上》社長的死法如出一轍。各家報導紛紛臆測這兩起謀殺案之間是否相關，畢竟兩名被害人交情甚篤且擁有共同的事業，看來這幫歹徒是蓄意致二人於死，下手的時間點才會如此相近？

不過，菲勒德家的保險箱卻被強行撬開，裡面五萬美金遭洗劫一空，會不會只是單純的竊盜案？

但派翠西亞確定殺害兩位老人的是同一名歹徒，但真實動機為何？有什麼不為人知的利益糾葛嗎？猛獸是犯罪的主謀或僅僅是個打手？她想查明真相，而辦法只有一個……

這兩起凶案發生後的隔天下午，亨利・馬克・阿雷米將派翠西亞叫進社長辦公室，他是詹姆士・馬克・阿雷米的兒子，是《警察線上》報紙的繼承人。

派翠西亞不帶任何情緒地走進辦公室。亨利・阿雷米三十歲了，派翠西亞已經好幾年沒見過他，但她仍能從眼前這名成熟男子的臉上，找到昔日那個年輕小夥子的神韻，無奈情已逝，彼此已無感覺。兩人說起話來就像陌生人般謹慎客套。

「小姐，」年輕社長開口，「家父在他私人手冊裡寫下的最後札記，內容提到了您，上頭寫著——『派翠西亞……剛強堅毅、精力充沛、條理分明，必能勝任副社長一職。』」他接著說下去，完全沒看派翠西亞一眼，「我很看重家父對您的評價，不過，當然還是得徵求妳本人的意願……」

派翠西亞的語氣同樣謹慎：

「先生，我想敝人對報社的最好貢獻，便是致力爲令尊報仇。我剛訂了『法國號』的船票，再過幾個小時我將搭船前往法國。」

亨利・阿雷米吃了一驚。

「妳要去法國？」他叫道。

「是的。依令尊所言，我很肯定他打算不久後去法國一趟。」

「所以呢？」

「所以我相信這趟法國行的計畫，與前社長阿雷米先生的死有關。」

「妳有證據？」

「沒有，純粹是我的直覺。」

「在報社最需要您的時候，妳卻單憑直覺做了這個重大決定？」亨利・阿雷米提醒道，口氣略帶嘲諷。

「人經常得隨直覺行動。」派翠西亞一派平靜地回答。

「可是妳必須與警方配合。」

「我看沒這個必要，我無法提供警方任何有用的線索……」

雙方一陣沉默。

「妳有錢嗎？」亨利・阿雷米再度開口。眼前這名年輕女子態度之堅決，令他爲之一凜。

「令尊過世前剛匯了兩千美元的預付款項到我戶頭，當作我之後工作的酬勞。」

「那可不夠。」

「屆時若需要更多費用查明眞相，我會告知您的，先生。」

「我知道了。再會，小姐。」

兩人未再多談，就此告別。

當派翠西亞離去時，一名年輕女子直闖入社長辦公室。女子面貌姣好、妝容細緻，身著喪服，顯得高貴典雅，她旋風似地與派翠西亞擦身而過，瞧也沒瞧人一眼，便急著投入年輕社長的懷抱，嬌嗔道：

「親愛的，你看我的新大衣！覺得怎麼樣？挺適合當喪服的不是嗎？」

那是亨利・阿雷米的年輕妻子。

* * *

啓程時刻已到，派翠西亞搭上了「法國號」，她將獨自一人先前往法國，大約兩、三個星期後，朋友才帶她的兒子魯道夫來與她會合。

這趟航程對派翠西亞而言，可說是及時休息放鬆的好機會。她自己一人旅行，沒有人認識她，且船上的生活步調十分悠閒，環境對紓解緊繃的身心極爲有益。生命中總有某些時刻，唯有閉上眼才能看得更透徹；煩憂猶疑時，人最需要的就是大海帶來的寧靜力量。

頭兩天，派翠西亞一直沒離開過房間。她住在走廊盡頭的最後一間，左邊沒房間，自然不會傳出聲響，但右邊竟也無聲無息。侍者這麼對派翠西亞說：「隔壁那位旅客沒出過房門，整天躺在床上。」

然而第三天，當她從甲板散步回來時，發現行李箱及抽屜亂七八糟的，顯然有人進過她房裡翻箱倒櫃……是誰所爲？他想找什麼？

派翠西亞請人檢查房與房之間的連通門是否確實上了鎖，結果發現門鎖完好無缺，甚至還鎖了兩道。雖看似不可能從此出入，但顯然還是有人能得手。

隔天，又有人擅闖入派翠西亞的房間搜索。此人故技重施，究竟有何目的？爲了查明眞相，她開始在渡輪上走動，以便就近探查船上旅客的狀況。她到餐廳吃午餐及晚餐，在甲板上散步，沒事就跑去交誼廳豎耳傾聽、留神觀察……沒有，沒有她認識的人。

仍舊有人進她房間亂翻。派翠西亞不斷向船長抱怨，船長通知船上駐警展開搜查，並派人監視戒備。

但監視搜查全然徒勞。倒是派翠西亞私下進行的查證有了結果——她將一整盒蜜粉倒在地板上，因而採集到幾個鞋印，足以鎖定調查方向；鞋印顯示闖入者來自隔壁房間，而住隔壁的旅客名叫安德魯・佛伯。安德魯・佛伯？派翠西亞沒聽過這個人，她感到焦慮不安，總覺得這名字是猛獸的化名，或者……誰知道，也許是那個在報社樓梯間擊敗猛獸、救了自己一命的男子……

既然隔壁的旅客從不離開房間，又該如何知道眞相？

她決定終結這令人心神不寧的疑慮，於是請駐警陪同，一道拜訪隔壁房間的旅客。一開始先由駐警敲門，與對方交涉，最後才由人員藉職權之便，領著派翠西亞進房。

派翠西亞一見到這名神祕旅客便驚叫出聲：

「什麼！是您？亨利？」

她拜託駐警讓他們單獨談話。

亨利．阿雷米在駐警面前強作鎮定，但一與派翠西亞獨處，那張打從在報社會面時就擺起的撲克牌臉隨即垮下，取而代之的是蒼白與激動——他跪倒在派翠西亞面前，傾吐一切。

他聲稱依然愛她，且從未停止這份愛戀，乞求派翠西亞原諒自己過去的卑劣拋棄行徑，還說沒有她簡直活不下去。

「我好嫉妒，」說到後來，他幾乎喘不過氣，「我好痛苦！出發前您怎麼說的？幫我父親報仇？根本是藉口、是謊言。妳不是自己一個人，派翠西亞，妳是跟愛人同行，對吧？他是誰？我對他一無所知，但我會查出來，把妳奪回來的。如今沒有任何事比妳更重要，我的婚姻愚蠢至極，我愛妳，我受不了妳跟別人在一起。我寧可殺了妳，也不容許妳背叛我。」

面對如此不公平的指控，派翠西亞眞是傻眼錯愕，她反駁道：

「背叛的人明明是您，亨利！我全心全意對待你，給你所有的愛，只爲你與我們的孩子而活。而你卻毀了這一切，一夕之間，我的世界天崩地裂，沒有理由，沒有解釋，只留下一張紙條寫著『再見！』你說你要殺了我？哼，要不是有魯道夫，我早就死了！要我原諒你？不可能。況且，歷經如此不堪回首的過去，原諒與否早已不再重要！女人多半會將負心漢從腦子裡徹底抹去，甚至連鄙視他都不屑！」

她斬釘截鐵地表明立場，睥睨傲然，無所謂婦人之仁。費盡心思卻依舊徒勞的亨利．阿雷米，終於稍微冷靜下來。他起身，答應當天就換房，不會再打擾她，待抵達歐洲，他便立刻返回紐約。

「回去好好經營報社吧，好好照顧你太太。」派翠西亞交代著。

他聳聳肩：

「不了，報業我沒興趣，也超出我能力之外。那幾位編輯分工合作，就能做得比我更好。出發前，我已經委託人代理，最終將完全處分這項資產……」

「尊夫人呢？」

「自從認清她的個性後，我就非常討厭她，是她逼得我想回到妳身邊。她不過是個自私驕縱、膚淺任性的女孩。」

「但你得回去與她相伴，既然結了婚，你就該給人家幸福，這是你的責任。」

亨利・阿雷米抗議落淚，再度苦苦哀求，見派翠西亞依舊無動於衷，只好答應了她。

「懦夫！軟弱無能、三心二意的傢伙，」回房時，派翠西亞自言自語著，「那時我怎麼會看走眼，以爲這男人值得我愛？」

她用不著怕亨利・阿雷米了。這個晚上，她睡得格外安穩。

然而次日一早，她得知昨夜甲板上發生兩人鬥毆事件，其中一人被對方扔進了海裡。

那位名叫安德魯・佛伯的乘客自此失蹤，大家都覺得受害者是他。問題是，沒人知道是誰將他拋下船，也沒有人目擊打架過程，只曉得一個被丟下海，另一個逃之夭夭。問過船組人員及旅客後亦無所獲，事件遂成了無解之謎。

儘管缺乏證據，但派翠西亞確定出手傷人的一定就是猛獸——他殺了父親，接著來解決兒子。她猜想，猛獸此時此刻正混跡乘客之中，便開始仔細觀察起每張面孔……不過，她僅短暫瞥見過猛獸的模樣，再說每次遇到他情況都很混亂，根本無暇看清長相，這教她該如何認人呢？

幸好明顯感受到有人在暗處守護自己的那份安心，否則任派翠西亞再勇敢，也不免心懷緊張焦慮。是的，那位救過她的恩人必要時仍將出手相救。他在「法國號」上嗎？無庸置疑吧！他不是早就承諾過永遠會搭救、保護自己嗎？他不是無所不能嗎？出於機敏的自衛心態，派翠西亞將那人送的銀哨像護身符般掛在頸項，以備不時之需；一遇危險即能呼喚對方，而他會趕來，自己便能得救……

於是，她放心地度過接下來的航程，途中沒再出任何意外。救星也如同猛獸，隱身於難尋的黑暗之中。

抵達法國後，派翠西亞緊盯著供旅客下船的長梯，但所有旅客都不具備類似那二人的特徵。猛獸與救星都令她印象深刻，一個陰沉粗暴，令人不寒而慄，愛人的方式霸道粗魯、放肆無禮；另一位則堅毅友善，強壯勇敢，深得派翠西亞信任，既然他允諾將隨時救助與保護自己，她便沒什麼好害怕的。

派翠西亞沙盤推演後的行動計畫是這樣的——

老阿雷米社長因他的祕密大計，決定前來法國一趟，所以想當然爾，謀害他的猛獸也會到這裡來，一是爲了躲避紐約警方的追捕，二來也能繼續執行已經展開的計畫，最後將利益收歸己有。或許他已偷偷先從英國下船，再從其他管道前來法國。於是派翠西亞在哈佛港租車，先請司機開往布隆尼港，再前往加萊港，以監視所有來自大不列顛的旅客。

某天傍晚，有個男人現身加萊港，他身穿大衣，頭戴又寬又扁的鴨舌帽，灰色圍巾遮去了大半張臉。他步下船梯，右手提著沉重的皮箱，左臂則夾了一件綁繩包裹，外加一大捆報紙雜誌以掩人耳目，但那件包裹的大小恰好與老阿雷米被偷的那只公事包相符。

派翠西亞躲在一旁，小心翼翼地留意這位剛抵港的旅客，並從身形認出他就是人稱猛獸的傢伙。她隨即緊跟在後。

男子搭上開往巴黎的火車，派翠西亞躲在隔壁包廂。到巴黎後，男人投宿於一間離巴黎北站不遠的旅館。派翠西亞也立刻入住，並費盡心思選了同一層的房間。

她確信男子絲毫未意識到自己的存在，她伺機而動等了一整天，研擬著毫無把握的計畫——派翠西亞買通了該樓層的女侍，以此獲悉男子的作息時間；他的作息很簡單，一整個下午都在睡覺，然後叫客房送餐服務，褐色真皮公事包從不離身。

這項最新情報一掃派翠西亞先前的遲疑與擔憂，她得趕在惡棍之前行動，趁他將公事包內的文件藏到更隱密的地方前，先下手爲強搶回公事包。

派翠西亞在隨身化妝包裡放進一把小手槍，這是她出門必備的防身武器。她又付了豐厚的小費，請女侍拿萬用鑰匙打開猛獸的房間，讓她進入。

一進到房裡，派翠西亞立刻關上房門，獨自面對男人。

男人剛吃完晚餐，站了起來，派翠西亞望著他高大魁梧的身材，還有那副僅僅曾在樓梯間及碼頭黑暗之中出現過的臉孔。她勉強辨識著這張粗野猙獰的臉孔，這會兒，面上浮現的驚愕之情令這張臉顯得可笑。

但男人隨即恢復鎮定，開起玩笑來：

「派翠西亞，不會是您吧，眞是天大的驚喜。妳專程來看我這個老朋友實在太窩心了，請坐、請坐。要來點水果、咖啡，還是喝點小酒？不先擁抱一下嗎？」

他走向她，派翠西亞拿槍指著他：

「待在那兒別出聲！」

男人保持笑容，停下了腳步。

「好吧，有什麼我能爲妳效勞的？」

「是您在那晚『十一人密會』結束後又溜回店鋪，殺了阿雷米社長，偷走了他的褐色眞皮公事包。快點把公事包還給我！」派翠西亞喝令道。

男人笑個不停。

「我之所以決定殺人，是爲了偷取公事包，可不是爲了歸還！妳要這公事包做什麼呢？」

「繼續我前老闆未完成的任務，我猜，重要文件全在公事包裡吧？」

「沒錯。少了這些文件，什麼事也辦不成！」

「交給我。你現在是通緝犯，隨時可能因那兩起殺人案被捕，屆時我們不又再度失掉了這些重要文件。」

「我們？妳這是指同意跟我合作嗎，我美麗的派翠西亞？」

「不，我們——是指我跟報社。」

「也就是指妳跟妳的老朋友，小阿雷米？」

「他死了。」派翠西亞壓低音量，不住地打顫說道，「有人將他扔進了水裡。」

猛獸聳聳肩。

「笑話！是有人掉下海裡，但不是他，那小子故意讓人以爲他落水身亡，然後混進三等艙的乘客堆裡。所以，妳還沒看到紐約最新傳來的電訊？」

「那究竟是誰被淹死？」

「一個義大利移民，惡名昭彰，被美國驅逐出境。他大概是想勒索……」

「是從你手中救出我的那個男人，丟他入海的嗎？」

「我不認識妳說的什麼男人。」

「騙人！你曾經當著他面，直指他就是亞森・羅蘋！」

「我根本不能確定，也許是，也許不是……反正妳要定公事包就對了？」

「對。」

「如果我拒絕呢？」

「那我只好把你交給警方。」

「很好。不過得先把我倆的舊帳算個清楚。」

兩人默不作聲，猛獸顯得躊躇，最後嘀咕道：

「在手槍跟警方之間，妳說我還能怎麼辦？」

「把公事包交給我……快說，你藏在哪裡？」

「在枕頭底下，等一下，我拿給妳。」

在小手槍的威脅之下，猛獸慢慢走到床邊，彎下腰……突然，他以迅雷不及掩耳的速度跳到一旁，同時將枕頭往前拋；枕頭往前飛去砸在派翠西亞臉上，驚嚇之餘令她手中的槍不慎彈落地面。

惡棍奪走了武器，步步逼近年輕女子。

昏暗的房間裡，派翠西亞看見男子浮現冷酷獸性的表情。

她拿起銀哨放在嘴邊。

「站住！否則我叫人了！」

「誰會來？」惡棍冷笑一聲。

「他。那個曾經從你手上救出我的人。」

「妳的神祕救星？」

「我的救星，亞森・羅蘋。」

「妳眞以爲是他？」猛獸邊說邊退了一步。

「你不也這麼認爲嗎？」派翠西亞回應道，「而且你害怕了！」

男子還想力逞英雄。

「好樣的，哨子是吧！但願他會來，我眞想好好跟他交個朋友。」

不過這心願顯然言不由衷，他依然放走了年輕女子。

派翠西亞回到房裡，決定明天再試試別的辦法。這回若有必要，她打算先報警。她睡了幾個小時，直到一早被外頭人來人往的喧鬧聲吵醒。

她起床後，從女侍那兒得知那個被喚作猛獸的傢伙，昨晚遭到棍棒襲擊，頭部受了重傷，所幸還活著，應該沒有生命危險。歹徒行兇後低調地混入往來旅館的房客之中，沒有人知道攻擊者的身分。

派翠西亞憑著記者證，參與了警方的初步調查工作，但卻一無所獲；反而是回到旅館後，女侍見她對傷者如此感興趣，便表示只要來點好處，就能給她遇襲男子的記事文件夾。這件東西是女侍在房間的暖器後方找到的，派翠西亞收下後，又順口打聽包裹的下落，不過沒有人看到。一定是被攻擊猛獸的那名歹徒帶走了，那人恐怕就是為了搶奪包裹才出手傷人。

派翠西亞在證件夾裡找到一本用以標示某種身分的小冊，上頭貼有照片，並覆上一層矽片保護，背面則寫了一行小字，那是老阿雷米的親筆跡——

（M）寶拉・西寧3號

小冊上，除了某一頁寫著一個名叫艾德加・貝克的人位在樸資茅斯的地址（即聖喬治酒吧），其他頁面皆空白。派翠西亞猜想，攻擊猛獸的大概就是這個艾德加・貝克，而偷走公事包的想必也是他。此人多半已經帶著贓物返回英國，派翠西亞希望能和他本人見個面，以獲取更多情報。她立刻趕往哈佛港，搭船橫渡英吉利海峽，順利抵達了樸資茅斯。

她沒花多少功夫就找到那間聖喬治酒吧。

這是一間鄰近海港的小酒館，店內充斥震耳欲聾的喧囂，老闆是個紅髮多話的胖男人。他告訴派翠西亞，幾個小時前店裡發生凶案，住在酒館附設客房的艾德加・貝克遭人謀殺，他剛去了法國幾天，才一回來就出事……

「他……是不是帶了一只褐色的真皮公事包回來？」派翠西亞一邊開口查問，一邊努力按捺內心的激動。

「是的，小姐，我看到他的手提箱裡有這麼一件東西。貝克先上樓休息，接著就出事了，但沒人知道是什麼事，因爲根本沒人瞧見。直到三個小時後，店裡的女侍才發現貝克已經被人勒死。」

「那公事包呢？」派翠西亞問。

「不見了，倒是找到一本小冊子。瞧，我都忘了跟警方提這件事。」

「您把小冊子給我，我付你十英鎊。」派翠西亞趕緊爭取道。

老闆爽快答應。

「噢，就照妳的意思吧，反正我留著也沒用，況且貝克還欠我錢，警方可不會付錢給我……」

這本小冊子類似猛獸手上那本，裡面同樣貼著經老阿雷米親簽認可的會員證，也貼有大小相同的照片，上頭寫著——

（M）寶拉・西寧4號

派翠西亞又回到法國，改下榻位於巴黎星星廣場附近的旅館，並於三天後跨洋發送電訊稿至《警察線上》，這篇命案追蹤報導刊出後引起全美乃至世界各國的議論，報導一開頭即見聳動文字——

近期發生了四宗凶殺案，兩起在紐約，一樁在巴黎（行兇未遂），一樁在英國，乍看之下這四宗案件並無共通之處。即便警方已就紐約那兩件凶案投入了無數心思，但筆者認爲依舊難以找出其中的任何關聯。然而，這四件案子卻應該算是同一起凶殺案，筆者將往下提出佐證。

派翠西亞說明，自己與老阿雷米生前的最後那番談話，並於當晚跟蹤老闆穿越大街小巷，撞見自由廣場店鋪裡的「十一人密會」；緊接著褐色眞皮公事包遭竊，她致電佛烈德里．菲勒德，卻在話筒這端聽聞他發生不測；最後她來到歐洲，追蹤關鍵人物與線索，知悉了另兩件命案的發生。

通篇特稿報導文筆生動、扣人心弦，邏輯推演循序漸進、清楚分明，甚至一開始便以僅僅數行文字成功營造懸疑氣氛！啊，她可說是將老阿雷米當面提點的寫作技巧，發揮得淋漓盡致！

走筆至文末，一氣呵成，她以接下來的內容做爲報導總結——

……由此可知，經過長時間的策畫準備，這十一人聚首密謀，商議著某件似乎相當重要的任務。而如此費心議定的大計，尚且不及展開首度出擊、享受成果斬獲，竟已先賠上三條人命，而巴黎一案的當事人雖僥倖逃過，卻身負重傷！但我們能因此將這十一人的密謀大計，歸結爲和謀殺、偷竊或非法行徑掛勾的任務嗎？不，發起任務的兩名夥伴詹姆士．馬克．阿雷米及律師佛烈德里・菲勒德，他們的高風亮節全都無從挑剔、無可質疑，唯任務實在太過艱難，危機四伏，得面對重重陷阱與關卡，兩人只好選擇與黑道結盟；無奈裡頭龍蛇雜處，淨是些作奸犯科、無惡不做的騙子、惡棍及盜匪，馬克・阿雷米感受到這夥人進逼的需索及居心叵測，才會心有所感地對筆者說——「我想這次的冒險恐怕會帶我赴死。」果然才一開始便出了事，有兩位正直的紳士遇害，攸關計畫成敗的關鍵文件則遭竊。這幫惡徒流竄世界各地，他們野心勃勃，爲達目的不擇手段且變本加厲，以致又多出了兩名受害者。但事情仍未告終……

讀者您也許認爲這全是出於假設，缺乏經證實的根據。但筆者手上確實握有不少證據，或者應該說握有「某項」證據，因爲它們其實本質相同；鐵證如山，紐約警方接下來勢必將傾全力查證。這項關鍵證據就是——筆者找到兩張分別屬於綽號「猛獸」及另一位名叫艾德加・貝克男子的祕密會員證。筆者相信在詹姆士・馬克・阿雷米先生及佛烈德里・菲勒德律師的隨身證件裡，應該也能找到同樣的會員證……

文章甫見報，紐約警方立刻開始查閱兩名受害人的相關證件，果眞找到了兩本標示著祕密身分的小冊，於是鎖定調查小冊子的來歷。

警方在佛烈德里・菲勒德律師的那本小冊上頭，發現了——「（M）寶拉・西寧2號」的文字。而詹姆士・馬克・阿雷米的那本冊子上則寫著——「（M）寶拉・西寧1號」。

這下子證據兜攏了，四名被害人之間有了共通點。那是通關密語？還是集會暗號？亦或此女性名字眞有其人？此名字另含有「罪女寶拉」的特殊意義，這究竟暗示著什麼？一切實在太神祕，太撲朔迷離了。但無論如何，其他七名活著的成員必定也爲「寶拉．西寧」而來，而且他們同樣各自擁有一組以大寫字母M爲首，代表身爲祕密組織一員的序號。

沒想到就在警方掌握此重大發現的當晚，標示著兩位被害人祕密身分的小冊子卻自紐約警察總部不翼而飛。這是怎麼一回事？顯然又是個謎……

chapter 3

高調晚宴

老奶媽維克朵娃躡手躡腳，屏住呼吸，悄悄地走進浴室；她的主人裹著色彩鮮豔的浴袍，正躺在裡面的長沙發上睡覺。

他的眼睛睜也沒睜，咕噥道：

「幹嘛這麼小心翼翼？妳儘管大聲關門、用力摔碗、大步跳舞，甚至敲鑼打鼓都沒關係，除非我自己想醒，否則什麼也吵不醒我。我要再睡一會兒，維克朵娃。」

他把頭埋入靠墊，安穩地沉入夢鄉。

維克朵娃端詳他許久，看得出神，一邊喃喃自語：

「這人睡著後，臉上少了玩世不恭的笑意，也沒有清醒時精力旺盛的神情。唉，他老是讓我這老奶媽放不下心，這麼多年下來我一直看不習慣他平常那副模樣。」

最後，她又自顧自地說：

「他睡得像個孩子啊！瞧他露出微笑，一定是做了美夢，看起來睡得眞熟，表情眞是寧靜祥和，看起來好年輕，一點也不像快五十歲的人。」

奶媽話沒說完，長沙發上的人聽了居然立刻跳下沙發，一把掐住她的咽喉。

「妳何不閉上妳的老嘴！」他似怒非怒地吼道，「如果我也把妳的歲數告訴巷口那個追妳的肉販呢？」

那隻扼住維克朵娃脖子的手不過是做做樣子，她看似被掐得喘不過氣，卻只是一陣氣急羞赧：

「巷口那個肉販才不……」

「妳少亂嚷嚷我的年紀，壞了我身價。」

「這裡又沒有別人。」

「難道我不是人！我還沒滿三十耶，幹嘛欲加那種傷人的數字在我身上？」

他坐回沙發，打著呵欠，喝了杯水，隨即換了副面孔，像個孩子般溫柔地親吻奶媽，直嚷著：

「我從沒這麼幸福過，維克朵娃。」

「怎麼說，小傢伙？」

「因爲我的人生已萬分富足，再也不用冒險啦！解決了維克多和嘉麗奧圖①這兩號對我窮追猛打的麻煩人物後，如今所有財寶都已經藏妥，接下來可以高枕無憂亮出我家財萬貫的貴族身分盡情花用啦。還有，女人也讓我受不了，我已經受夠戀愛，受夠追求，受夠患得患失，受夠在窗下彈琴示愛，受夠花前月下那一套了，我好累！幫我拿件漿過的襯衫和那套最好的晚宴服來。」

「你要出門？」

「對，本人奧瑞斯・維蒙，乃法國古老航海家族的後代，此家族移民到非洲德蘭士瓦省，我則是唯一的後裔，靠著正派經營致富，今晚將去參加銀行家安傑蒙舉辦的年度盛宴。奶媽，讓我好好打扮一下吧！」

*　　　*　　　*

十點半，奧瑞斯・維蒙來到聖奧諾黑郊區的一棟豪華建築前，這裡既是安傑蒙銀行，也是銀行家本人的府邸。他穿過拱門，走進辦公區，步入圍繞在住家兩側的庭院；沿著庭院走，會見到一畝美麗花園的草坪，從這裡可一路延伸至香榭麗舍大道。

庭院及草坪上方撐起了兩頂大棚子，底下搭建了熱鬧的遊樂園，擺滿了旋轉木馬、翹翹板、形形色色的新玩意兒，還有奇人異事展示屋、拳擊場和搏鬥場。棚架下燈光絢爛，聚集了好幾百人，另有三組交響樂團及三組爵士樂團忙著演奏。

安傑蒙站在入口迎賓，儘管滿頭白髮仍不顯老態，五官分明，氣色紅潤，像電影裡的美國銀行家一樣上相。他曾三度破產，卻總能靠著手腕、名望與自信東山再起。不遠處站著他太太，眾多仰慕者都喚她——美麗的安傑蒙夫人。

奧瑞斯上前與銀行家親暱地雙手交握。

「您好，安傑蒙。」

安傑蒙也向來客問好，態度十分和善，但似乎想不起與這張臉對應的名字。

「您好，親愛的朋友，您能來眞是太好了！」

他口中這名親愛的朋友走沒多遠又走回來，低聲對安傑蒙說：

「你知道我是誰嗎，安傑蒙？」

銀行家強忍恐懼顫抖，維持相同的語調：

「這……我實在不知道，畢竟您有太多名字！」

「安傑蒙，我這個人不喜歡被耍，雖然還沒找到確切證據，但我總覺得你背叛了我。」

「我背叛您？」

奧瑞斯搭著銀行家的肩膀，狀似親密，其實手指已如鋼鐵般深深嵌入對方的肩膀。他口氣冷峻，繼續低聲說道：

「聽好，安傑蒙。有一天我會像捏碎杯子般把你解決掉，讓你直接從世上消失。現在，我給你個機會……但你得拿可愛的妻子來擔保你的忠誠。」

銀行家臉色發白，但考量身處公共場合，又是在自己家，他很快便恢復鎮定，重新掛上那副交際客套的微笑。

不過，這會兒奧瑞斯已經走到美麗的安傑蒙夫人面前彎腰行禮。他親吻夫人的手，莊重有禮，展現十足的貴族風範，隨後挺直腰桿，輕聲說道：

「晚安，瑪麗・泰瑞絲。啊，您還是如此年輕迷人、謹守婦道嗎？」

聽見此番打趣言語，女士面露微笑，也以嘲諷的口吻低語：

「你呢？您這難以捉摸的雅痞，還是一樣正直嗎？」

「那還用說，正直向來是我的基本配備，但女人愛我可不是因為這一點，對吧，我美麗的瑪麗・泰瑞絲？」

「少臭美了！」

她聳聳肩，有點臉紅，奧瑞斯換了較嚴肅的口吻說話：

「把妳老公看緊一點，瑪麗・泰瑞絲。相信我，盯牢一點。」

「怎麼了嗎？」她結結巴巴地問。

「噢，不是婚外情啦！有誰會對美麗的瑪麗・泰瑞絲不忠呢？我指的是更嚴重的事……聽我的，看好他。」

語畢，奧瑞斯隨即笑容滿面、得意洋洋地朝熱鬧的花園走去。

他在人群中閒晃了一會兒，現場有不少美女，他對認識的某幾位報以微笑，她們回禮時臉上竟微泛紅暈，目光跟隨著他移動。奧瑞斯似乎決定好好玩樂一番——他騎了一圈旋轉木馬，然後湊近搏擊選手擂臺賽的棚子。一名穿著淺紅色緊身衣及虎皮短褲的老選手，因單挑高大粗暴、虛張聲勢的職業級選手，剛剛被扭斷了手腕。奧瑞斯摘下帽子，爲這名老選手募了些賞金，接著走入棚子，很快換好緊身衣，站上搏擊臺；緊身衣讓人以欣賞羨豔的目光，將他一身結實的肌肉線條、靈活協調的動作一覽無遺。奧瑞斯不慌不忙地挑戰那位彪形大漢，才兩回合，便以純熟的日本搏擊術撂倒對方。觀眾熱烈歡呼，待他換回晚宴服準備離開棚子時，眾人甚至好奇地圍住這位偶像般的男子。奧瑞斯嘴角掛著滿意的微笑，朝通往舞池的小路而去。

舞池裡有對男女特別搶眼，兩人舞技靈巧，吸引圍觀賓客的注意，奧瑞斯也看得興致盎然，直到某位男士走近，竄到他面前——那個人很高，這會兒什麼都看不見了，奧瑞斯移動位置，沒多久男士也跟著移動，再度擋住他的視線。奧瑞斯正算表態他的不滿，不料人群突然一陣亂擠，那位先生後退時踩到奧瑞斯的腳，他並非故意，卻也未注意到自己踩了人。

「見鬼了，不會道歉嗎？」奧瑞斯發著牢騷。

男士轉過身，此人年輕瘦削、氣質優雅、容光煥發，擁有一頭光澤捲髮，衣著筆挺講究，算得上是位美男子。一張臉孔稜角分明、框著落腮鬍，看來是地中海東岸一帶的人，大家都稱他們爲勒凡頓人。他只是直勾勾地盯著奧瑞斯，沒有開口道歉。

舞曲終了，樂隊開始演奏下一首，是探戈。這名勒凡頓男子欠身向一位相當漂亮的年輕女子邀舞，女子大概是英國人，站在幾步遠的地方，奧瑞斯也注意到她的婀娜身姿。她猶豫了一會兒才接受邀請。男女雙方皆舞藝精湛，眾人全圍著他們看。

一曲方歇，勒凡頓男子將年輕女子帶回自己方才在場外的駐足之處，再次擋在奧瑞斯・維蒙跟前。這回，奧瑞斯的忍耐到了極限，終於一把抓住對方的臂膀，將他推到一旁。勒凡頓男子怒氣沖沖，猛地轉身。

「這位先生……」

「眞沒教養！」奧瑞斯說。

男子氣得漲紅了臉，態度傲慢：

「您想找麻煩嗎？」

「不，我只是陳述事實！」

「我才覺得被冒犯！」

「彼此彼此。」

勒凡頓男子趾高氣昂地從口袋掏出一張名片。

「我是阿瑪迪・阿瑪多伯爵！請教您貴姓大名，先生？」

「奧圖・隆尙大公。」

賓客們開始聚攏過來，因爲奧瑞斯・維蒙那不慌不忙的譏諷口吻，實在惹人哈哈大笑。勒凡頓男子面紅耳赤，接著問道：

「先生，您府上哪裡，我改天前往拜訪。」

「這裡。」

「這裡？」

「對，每當遇到看來問題不小的麻煩事，我都習慣現場解決。您說覺得自己被冒犯？那好，看您想選什麼武器，長劍？手槍？鍬型斧？塗毒的匕首？還是大砲？或是一四三〇年款的十字弓？②」

圍觀賓客笑得越來越大聲，勒凡頓男子意識到對手的態度堅定果敢，卻淨說些胡話，簡直故意讓自己成爲箭靶笑柄，於是壓制怒氣，冷冷地答腔：

「我選手槍，先生！」

「來吧！」

兩人距離遊樂園裡的打靶場很近，場內備有靶子、香菸，一旁還有水柱噴出，水柱頂端有好幾個蛋殼隨水勢彈跳著。奧瑞斯挑了兩把雙彈式福婁拜長槍③，槍枝年代可追溯至十九世紀中葉的第二帝國時期，他當著對手的面填入子彈，並將其中一把交給阿瑪迪伯爵，正經八百地說：

「誰先打下兩個蛋殼，誰就贏。」

勒凡頓男子有點遲疑，但隨即同意這另類的遊戲規則。他舉起槍，瞄準許久才擊出，結果失了準頭，浪費一顆子彈。下一秒，奧瑞斯拿走伯爵手中的槍，連同他自己的，雙手各舉一把槍，神態漫不經心似還沒瞄準就扣下扳機，結果隨意便成功擊落兩個蛋殼。

觀眾發出喝采聲。

「我贏了，先生，」奧瑞斯說，「瞧，兩顆蛋殼都滾到地上了。」

他上前與阿瑪迪伯爵握手，伯爵笑著回應：

「好槍法，先生！您的判斷力與靈敏度一流，我望塵莫及，希望他日有機會再見面。」

「我可不想！」奧瑞斯從容地拒絕，接著為了避開眾人好奇的眼光，快步離開現場。

他在花園中人潮較少的角落間晃了一會兒，準備轉往出口方向，途中，一隻手搭上他的肩。

「能跟您談談嗎，先生？」是女人的聲音。

奧瑞斯回頭。

「啊，原來是那位美麗的英國女士！」他開心地嚷嚷。

「我是美國人，而且是位小姐。」女子糾正道。

他像個紳士般彎腰行禮。

「需要來個自我介紹嗎，小姐？」

「不用，」她笑著說，「知道您是奧圖・隆向大公就夠了。」

「好極了，但我還未有榮幸認識您呢，小姐！」

「您確定嗎？請再想想吧！我們曾在紐約一棟屋子的樓梯間見過面。您忘了？我可是一小時前就認出您囉！」

「所以您一直在注意我？」

「沒錯。」

「為什麼？」

「因為您就是我找了好幾天的男人。」

「您想找什麼男人？」

「一個能幫我大忙的人。」

「我這個人最樂意幫美女大忙了，」奧瑞斯打趣地表示，態度依然彬彬有禮，「小姐，本人恭候差遣。」

他伸出手臂讓小姐攙挽，帶著她穿過人群，來到人潮稀疏的庭院角落，一同坐在大樹底下。

「這裡不會冷吧？」奧瑞斯問。

「我很好。」她邊說邊脫下覆著香肩的薄紗。

「太感謝了。」奧瑞斯鄭重地說。

女子感到詫異。

「謝謝什麼？」

「謝您讓我見到這賞心悅目的景致，太美了，就像希臘雕像般美不勝收。」

她皺皺眉頭，有些臉紅，又將薄紗披上肩。

「麻煩認眞聽我說好嗎，先生？」她冷冷地表示。

「當然，能助您一臂之力，我再開心不過了。」

「是這樣的——我受雇於美國某家專門報導刑事案件的大型報社，結果被迫捲入一宗犯罪事件，也就是前社長詹姆士・馬克・阿雷米的命案，而且與這件案子相關的最後幾起凶案都發生在歐陸！在一籌莫展之下，我寫了篇報導文章，竟成功獲得迴響，之後兩個月我持續探查，卻徒勞無功。我實在不知該如何是好，直到兩天前我去警局拜訪一位優秀的探員，他提供了我許多有用的建議，且聽完後直呼：『啊，如果某人願意幫您就好了！』」

「某人？」奧瑞斯問。

「這位探員對我說——有個很特別的傢伙偶爾會主動幫警方辦案，但沒人知道他的名字，甚至不知他的長相，所以大家就稱呼他爲某人。這男人是貴族身分，似乎是個財力雄厚的大領主。他特立獨行、孔武有力、身手矯健，總是臨危不亂，從不曾自亂陣腳。但上哪兒去找他呢？……啊，有了，明天銀行家安傑蒙將在聖奧諾黑郊區的宅邸舉辦年度盛宴，他邀請了全巴黎的人，某人應該會去，就看您能否找到他，說服他參與您的調查。」

「所以您就來了？」奧瑞斯說，「您是因爲見到我替老拳擊手募集賞錢、打倒強壯的搏擊選

手，又與人比拼擊落蛋殼，於是告訴自己——『他就是某人』！」

「是的。」美國女子回答。

「好吧，小姐。在下正是『某人』，我願意傾全力幫忙。」

「謝謝，那我將事情從頭說起。您是否曾經聽聞剛才提過發生在美國的命案？」

「詹姆士・馬克・阿雷米的命案？聽過。」

「您是怎麼知道的？」

「我讀過相關報導，是由某位女士執筆的。」

「對，就是我，派翠西亞・強斯頓。」

「寫得太好了！」

「眞的嗎？」派翠西亞不太相信對方竟如此盛讚自己。

「的確……是有點美中不足！文章潤飾稍嫌過度，文學性太強，主觀意識太多。關於犯罪報導，我喜歡平鋪直敘，無須高潮迭起加油添醋，也別刻意探究眞相，甚至鋪陳劇情轉折——因爲讀偵探小說總是讓我昏昏欲睡。」

她笑了。

「我是阿雷米先生的祕書，您的建議與他給我的恰好完全相反。但無所謂，對我而言都是學習。」

她簡單扼要說明事情的來龍去脈，奧瑞斯目不轉睛、聚精會神傾聽，待派翠西亞說完便開口

「現在我終於懂了！」

「如此口頭說明比文章報導更清楚嗎？」

「沒有，是您願意以這雙秀色可餐的嬌唇補充說明，聽起來眞是悅耳。」

女子再度臉紅，不太高興地埋怨：

「啊，法國男人都一個樣……」

「是啊，小姐。」他認眞平靜地表示，「遊戲規則的確是這樣，您懂得的，一定要先稱讚女子的外貌如何美麗動人，才能眞正展開追求，以此表明眞心誠意。現在我已完成對您美貌的讚賞與欽慕，遊戲正式開始。所以，現在說說您在擔心些什麼吧！」

「每件事都擔心。」

「從發生在樸資茅斯的第四起凶案之後，就沒再發生新命案？」

「沒有。」

「有任何線索嗎？」

「完全沒有，我來巴黎快三個月了，三個月來一無所獲。」

「這就是您的問題了。」

「我的問題？」

「是啊！您親身經歷了那麼多事，竟然只查出那麼少的眞相。」

「能查的我都查了。」

「不，光聽您方才敘述截至目前爲止歸納出的證據，就已經比您實際上掌握的證據還多。所以如果您依然沒有進展，那表示問題出在您身上，有些地方您懶得多想，疏忽了。」

「我怎麼疏忽？又哪裡偷懶了？」派翠西亞質問著，有點光火。

「您太快在『寶拉・西寧』這名字的意思上讓步。西寧有『罪人』的含義，所以您就定調寶拉・西寧等同於『罪女寶拉』，但這麼解釋實在過於粗略簡單，您應該再追根究柢的，甚至可以回想亞森・羅蘋先生從前的作法，您認得他嗎？」

「嗯，我跟其他人一樣，只讀過有關他的冒險傳記，但並不認識本人。」

「看來您忘了他的不少事蹟喔！」奧瑞斯略帶打趣地說。

「那他會怎麼做？」她好奇地問。

「他曾經因爲好玩，兩度打散、重組自己的姓名，第一次是化名爲俄國親王保羅・賽爾甯，後一次則化名爲西班牙貴族堂・路易・佩雷納。而且從來沒有人起疑。」

奧瑞斯邊說邊從皮夾取出幾張名片，將名片對摺後撕開，湊出十一張小紙片，再把組成「寶拉・西寧」（Paule Sinner）這姓名的字母分別一一謄寫，然後將紙片全數交給年輕女子，接著說：

「按照順序唸唸看。」

她高聲念出十一個字母——

ARSENELUPIN（亞森・羅蘋）

「什麼意思？」她困惑極了。

「美麗的派翠西亞小姐，意思是——亞森・羅蘋這個名字，能讓人重組、創造出另一個叫做寶拉・西寧的名字。」

「所以，根本沒有寶拉・西寧這個人？」派翠西亞問。

奧瑞斯搖搖頭。

「沒有這個人。純粹是通關密語和集合暗號，您卻認定跟紐約黑幫有關。」

「所以，眞相不過是拿亞森・羅蘋的名字當暗號？」

「正是如此。」

「也就是說，亞森・羅蘋也參與此案，而且還是領頭？」

「我不認爲是這樣。沒錯，乍看之下像是如此，但羅蘋生性愛好和平，不可能涉入這四起凶案，我倒寧願相信這個組織是由羅蘋主導，其實正好相反，組織成立的目的實爲了對付羅蘋。詹姆士・馬克・阿雷米跟您提過的什麼聖戰，對他與佛烈德里・菲勒德這班老清教徒而言，打擊流竄各地的惡徒，接收所謂的不義之款，才能夠壯大組織的勢力替天行道；而從亞森・羅蘋這隻神機妙算的老狐狸手中奪取他龐大的財富，不正是伸張正義、流芳百世的絕佳機會嗎？他們自認師出有名，相信對羅蘋偷拐搶騙或敲詐勒索絕對光明正大，絕對正當。

「我猜想，這支新崛起的新十字軍的方針、口號、最高指導原則就是──『黑手黨力抗亞森．羅蘋』。如今，亞森．羅蘋似乎成了必須竭力討伐毀滅的無神論者、異教徒、穆斯林的撒拉遜人，而這群進攻新耶路撒冷的十字軍戰士詹姆士．馬克．阿雷米、佛烈德里．菲勒德和猛獸，正是哥德福華．布永、獅心王理查、聖路易的化身④。您覺得我說的有理嗎？」

「噢，實在對極了，」派翠西亞由衷表示，「以我對阿雷米社長的瞭解，我絕對相信他會投入這場征戰，尤其亞森．羅蘋在他眼裡根本是個反基督份子。」

譯註

①維克多與嘉麗奧圖，分別是亞森．羅蘋冒險故事《神探與羅蘋》《魔女的復仇》的重要角色。

②鍬型斧，古時海盜用以近距離破壞船身及攻擊他人的武器；匕首、十字弓則皆為古代武器，不可能拿來比武，這只是奧瑞斯的玩笑話。

③福婁拜長槍，一八四五年由法國人尼古拉斯．福婁拜（Nicholas Flobert）研製的長型步槍。

④哥德福華．布永（Godefroy de Bouillon），第一次十字軍東征後於耶路撒冷建立王國之法蘭西騎士，但他並未據地稱王，僅謙稱自己為聖墓守護者（Saint-Sépulcre）。獅心王理查（Richard Coeur de Lion），即英王理查一世，因驍勇善戰，如獅子般勇猛而得名，曾參與十字軍東征。聖路易（Saint Louis），法王路易九世，曾領導過兩次十字軍東征。

chapter 4 黑手黨

派翠西亞沉思許久，最後自言自語道：

「原來，是黑手黨力抗亞森・羅蘋！」

隨後，她抬頭盯著奧瑞斯・維蒙：

「黑手黨、黑手黨……」她一直不斷重複這個字眼，「是的，您的結論應該沒錯。」

「當然，」他說，「黑手黨源自美國，但組織領頭老大盤算的，可不只是在打擊犯罪的神聖目標中軋上一角，不，沒那麼簡單，他們求的是儘快大撈一筆。現階段，他們正像以前的傭兵般出租特殊服務，為某些打算進行報復行動或急著躲避仇家的傢伙賣命，或是幫心懷不軌的政客達成目的如剷除某些政敵、礙事的高官，以及任何與他們為敵或勢力過於龐大的政治人物等等。」

「所以，那幫人就是大家常提起的黑手黨？」

「沒錯。」

「您有證據嗎？」

「證據您也有，甚至連警方、一般民眾都知道。那幾張註明了大寫字母M、用來確認身分的會員證，不就是您找到且披露的嗎？」

「確實如此。」

「黑手黨一詞的開頭字母正是M，接下來的M及A，分別爲馬克・阿雷米姓氏與名字的第一個字母，以此類推，再來兩個F即代表佛烈德里・菲勒德。另外，我知道馬克・阿雷米的特助，也就是您口中的猛獸，本名叫馬菲安諾，他現在已經成了組織首腦。這馬菲安諾是義大利巴勒摩的西西里人，相信當初組織裡那幾個老大便是以他的名字爲雛形，進而拼湊出黑手黨這個字。過去，西西里島幫派所組成的黑手黨總是企圖將犯罪勢力伸進整個政治圈，因此只要一聽到黑手黨無不令人聞之喪膽……」

「那麼，最近也在法國引起軒然大波的黑手黨，也是指這個黑手黨嗎？」

「不清楚。只能說單就字面而言確實響亮，我個人認爲甚至招揭了他們爲非作歹的意圖。黑手黨是個世界性組織，所有散布於各個國家的幫派或多或少都與黑手黨有關；這些幫派規模龐大，偷盜謀殺無往不利。無論如何，妳我已經得知他們在紐約有個大本營，而該行動指揮中心的影響力遍及全歐，他們此刻正在執行馬克·阿雷米及佛烈德里·菲勒德口中的任務，但這兩位老人應該不完全清楚組織的內情，只是希望借重黑手黨成員的勢力與能耐。根據我的情報，行動中心畫分兩組行事，西西里人馬菲安諾負責帶領小組執行任務，而有關行政、帳務等事項則由兩位老人以類似董事會的形式召開會議，除了收取會費，更重要的是分配利益。這類幫派組織通常制度嚴密，有既定的分贓機制，能拿到多少是依成員在組織中的階級與輩分而定，這不稀奇，古時候的海盜也都這麼辦。凡是觸犯此至高無上律法或任務失敗者，只有一個下場——死亡。犯錯的成員無一倖免，這些人居無定所，喬裝打扮也躲不了，總有一天會被發現他們身插匕首陳屍街頭，匕首上則刻有字母M，也就是黑手黨的印記。」

派翠西亞好一陣子沒出聲，再度陷入沉思，然後才回應。

「好吧！」她終於開口，「我同意您的說法，每個環節都極爲合理，不過，我雖然犯下沒能找出寶拉·西寧完整含義的大錯，但哪裡能知道字母M的意思？又怎麼可能去提防這可怕的組織？那得像您這樣，掌握特殊情報才能辦到。」

「的確！」奧瑞斯·維蒙同意。

「您是怎麼得到情報的？組織裡有人洩密嗎？」

「沒錯！是亞森·羅蘋從前的夥伴。」

「也就是您從前的夥伴，對吧？」

「隨您怎麼想，但目前這件事不重要。羅蘋這位前夥伴是紐約的幫派份子，這回他也拿了馬克・阿雷米的錢做事。當他一發現這是椿密謀對付亞森・羅蘋的計畫後，便特地通知我，我也立刻搭船前往紐約，潛伏在馬克・阿雷米身邊做事，並賣給他重要文件。然後，我便要求入會。」

「您成了黑手黨的一份子？」

「不折不扣，還是高層呢！喏，這是我的會員證——（M）寶拉・西寧１１號。」

「眞是妙計！」派翠西亞低喃，語氣裡淨是驚訝與欽佩，「了不起！您的能力與膽識之高超，令人難以置信！」

「看來，」他繼續說話，「您現在應該明白了。」

突然，奧瑞斯話鋒一轉，拉高音量，假裝兩人一直在聊些無關緊要的事：

「總之，小姐，男爵夫人發現畫像上的自己被畫成了紅頭髮，但她的頭髮明明是淡金黃色，夫人於是堅持退貨，畫家則準備提告。事情經過就是這樣。」

派翠西亞驚訝地望著他，他壓低音量解釋：

「保持冷靜！我沒瘋，是有人在監視我們。」

「還滿好笑的嘛！」派翠西亞放聲大笑。

「可不是嗎！」奧瑞斯說。

接著他又耳語道：

「看到那三、四個穿晚禮服的壯漢了嗎?對，就在那兒，混在賓客裡，那幾個人看起來特別可疑鬼祟、不懷好意，我大老遠就聞到他們渾身上下的壞蛋氣息，很容易和正常賓客區分出來，您不記得他們了嗎?」

「對，沒錯，」派翠西亞強抑激動情緒，「我想起來了，紐約命案那晚，我曾經在自由廣場的拱廊看過這幾個人。」

「就是他們。」

「啊，他們現在正盯著您看。」

「當然，」奧瑞斯十分冷靜，「您想，組織由十一個人組成，假如分贓時只剩四個、甚至三個人，這幾個人就能瓜分到更多贓物，所以組織成員才會一一被滅口。照這種連續殺人法，很快地，到了明年九月底，組織準備結算而後解散時，將只剩下一位。瞧您的右邊，那個手長腳長的高個兒，您認得嗎?」

「完全不認識。」

「您剛才才跟他跳過舞啊，眞是失策，您應該拒絕的。啊，他走掉了，此人自稱阿瑪迪・阿瑪多伯爵，其實他就是馬菲安諾男爵。」

「所以……他是猛獸?他是共犯?您認爲他就是組織的首腦?」

「對，也就是殺害馬克・阿雷米及佛烈德里・菲勒德的凶手，他正是阿雷米的私人顧問、總

管，也就是躲在暗處伺機騷擾您的傢伙。」

「在巴黎旅館遭到攻擊的人，也是他嗎？」

「就只是攻擊而已，沒被殺掉，他不過受了點傷但仍活得好好的，甚至還搶在您的報導刊登前離開旅館——因爲文章揭穿了他一開始扮演的身分，十分可能害他被捕。」

派翠西亞再怎麼勇敢，也不禁嚇得直打哆嗦。

「噢，我眞的不曉得他就是……噢，我好怕那個男人，拜託您一定要多加小心！」

「您也是，派翠西亞。隨時提高警覺，既然這個男人已經開始跟蹤您，就不可能善罷干休，危機勢必如影隨形。」

她試著壓抑內心的不安。

「但是我該擔心些什麼？」

「跟我擔心的一樣。」

「我又沒加入組織。」

「是沒錯！問題在於，您是他們的敵人。您才離開紐約十分鐘，歐洲這邊的每名成員都接到了電報，內容皆是——『祕書派翠西亞・強斯頓，啓程爲1號M及2號M報仇。』自此您遭到了通牒，處處受人監視，而且今晚恐怕有生命危險……所以，我們一道離開這兒吧，晚上就待在我家，跟我在一起您什麼都不用怕。」

「好的。」她未表異議，「可是，我也非常擔心您的安危，而您不是說他們知道羅蘋的所有落腳處，這該怎麼辦？」

「名冊是我在馬克・阿雷米死前提供給他們的，上頭沒寫我現在的住址。」

他站起身。

「來，派翠西亞，請把頭靠在我肩上，容我的臂膀輕摟您的腰……對，就是這樣，千萬別擺出一副急著開溜、劍拔弩張、互相掩護的落難鴛鴦模樣，咱倆得僞裝成濃情密意的情侶，溫柔相擁，從容離開。走吧，派翠西亞，走吧！」

年輕女子照辦。兩人肩並肩，相互依偎，緩緩前行。

他們往出口方向移動，然而就在通過花園某僻靜陰暗角落之際，一道瘦長的男人身影突然出現在眼前。

奧瑞斯・維蒙的手瞬即離開派翠西亞的腰，以閃電般的速度拿起手電筒，照向來者的臉，另一隻手則已掐住對方的脖子。

奧瑞斯發出一聲乾笑。

「果然是你，阿瑪迪・阿瑪多，或者該稱呼您馬菲安諾男爵。」他嘲諷道，「啊，你就是猛獸，麻煩讓個路給我們過。你知道的，我壓根不想在樹林角落碰上你那張臉，既然遇到了，自然會加倍提防，我可不願像老好人馬克・阿雷米先生那樣被你幹掉，他可是你老闆耶！更別提律師佛烈德里・菲勒德了。話說回來，你想聽個忠告嗎——離派翠西亞・強斯頓遠一點。」

猛獸倒退一步回答：

「紐約那邊說，她對我們有危險……」

「那好，我就在這裡，在巴黎告訴你，她對你們無害。更何況，我愛上她了，她對我很重要，馬菲安諾，我勸你別動她一根汗毛，否則……」

男人咕噥道：

「你這傢伙，總有一天……」

「我看還是改天吧，小朋友。不過，爲了你的利益著想，你根本不該處心積慮想著對付我。」

「你是亞森・羅蘋。」

「又來了！我們走吧！你最好快滾，照顧好你的馬菲安諾黑手黨，少管我們的閒事，奉勸你照子放亮點，相信我……」

猛獸猶豫半晌，隨即像潛進深水般沒入了黑暗。

奧瑞斯和派翠西亞離開花園，穿過空無一人的大廳。當派翠西亞至衣帽間取大衣時，奧瑞斯來到安傑蒙男爵夫人面前，準備欠身告辭。

「新戰利品長得很美嘛！」男爵夫人口吻戲謔，更多的是氣惱。

「確實很美，」奧瑞斯認眞地說，「但她不是戰利品，而是來自大西洋彼岸的朋友，因爲對巴黎不熟，才請我送她回家。」

「就這樣？我可憐的朋友，您運氣可眞差！」

「懂得等待之人終將滿載而歸。」奧瑞斯搬出格言。

男爵夫人望著奧瑞斯的眼睛，輕聲說道：

「所以，您一直在等我囉？」

「渴望從未稍減。」奧瑞斯從容地回答。

男爵夫人嬌羞地別開目光，派翠西亞也剛好走近。

奧瑞斯挽著這位年輕美國女郎的手，聯袂離開安傑蒙府邸。

他們步上人行道，走沒幾步，奧瑞斯便向女伴表示：

「派翠西亞，我得再說一次，別回家過夜。」

「那麼是去您家裡嗎？」

「對，那幫傢伙心狠手辣，只會害您提心吊膽一整夜，他們絕不會打退堂鼓的。」

「您確定家裡的僕人沒問題？」派翠西亞問道。

「我家只有一位老女僕，是我的老奶媽，她對我忠心耿耿，至死方休。」

「是忠心的維克朵娃嗎？」

「對，我信任她就像信任我自己一樣，來吧！」

他帶派翠西亞來到座駕旁，兩人上了車。十五分鐘後，奧瑞斯將車停在西貢大道二十三號的歐德府邸前，那是一幢前有庭院、後有花園的別墅。

入口的門欄緩緩開啟，他按鈴通知維克朵娃，但當兩人走近別墅時，門口階梯卻仍不見老奶媽的身影。

奧瑞斯皺起眉頭。

「奇怪，」他感到有點擔心，「維克朵娃怎麼沒來開玄關燈？我沒回來，她絕不會先睡的啊！」

他開了燈，隨即彎腰查看樓梯地毯。

「有人來過，這兒有腳印！我們一起上樓，好嗎？」

奧瑞斯急急忙忙爬上三樓，打開房門，派翠西亞緊跟在後。結果，維克朵娃正倒臥在臥房的沙發上，嘴巴被塞住，手腳遭綑綁，眼睛則被布條矇住。

他趕到老奶媽的身邊，在派翠西亞的協助下替她鬆綁。維克朵娃原已昏了過去，但很快便恢復意識。

「沒事吧？有沒有哪裡受傷？」奧瑞斯關心地問道。

這位勇敢老婦人回答得有些遲疑：

「沒有，沒事……」

「怎麼了？有人攻擊妳？妳看到是誰了嗎？他們從哪兒進來的？」

「大概是從餐廳入口進來的。當時我正在這兒打盹，房門突然開了，有人不知道拿什麼罩在我頭上……」

話沒聽完，奧瑞斯已經衝下一樓，來到某個大房間，房間最內側有間辦公室，辦公室的壁櫥裡打造了一道階梯，階梯沒入地底，直達一扇連接地道的小門，而地道挖掘的地點正好位於庭院下方。現下，地道的門是打開的。

「這群無賴！」奧瑞斯嘀咕著，「原來他們在監視我，什麼都被他們給發現了。嘖、嘖，對手不是省油的燈，那更好，這樣玩起來才不無聊！」

他回到餐廳，在一張正對窗戶的桌前坐下。派翠西亞將仍然頭暈不適的維克朵娃留在樓上，跟著他走進了餐廳。年輕女子在桌子的另一端，面對奧瑞斯坐下。

兩人默然許久，雙方陷入沉思，終於，派翠西亞想到些什麼：

「黑手黨的人怎麼會妄想搶劫亞森・羅蘋的財寶？謀奪人家的財產可不比偷手提包。」

「羅蘋太招搖了，他到處變賣持有的票券、股票、珠寶等財產，換得現金後，金額相當龐大，他自以爲藏妥無虞，沒想到恐怕快被敵人找到了。所以，現在可說是強盜與羅蘋的戰爭！啊，我得承認他們手上握有不少超級王牌，但別忘了，對手可是羅蘋，是羅蘋！」

「羅蘋有把握嗎？」

「這說不準，對方人多勢眾、狡猾機靈，而且到目前爲止充分展現了未達目的絕不罷休的決心。再說他們手上有足夠的資金，早在組織成立之初，馬克・阿雷米及佛烈德里・菲勒德便先各拿十萬法郎出來，也由於一堆莫名其妙的小規模行動，入會者後來應該都付了雙倍的會費。最後一點，其實他們手上最大、最有利的王牌是——羅蘋已經受夠得永遠處於備戰狀態的生活，他渴望休息，期盼過安穩、心安理得的生活。他想享受人生，享受他辛苦掙來的成果，可以說他的心態就像贏了無數勝仗的法國將帥，眼見拿破崙所授予的星形勳章開始黯淡……他著實累了。」

奧瑞斯・維蒙突然住口，對自己主動示弱感到懊惱不已。

「看來這個羅蘋非常有錢囉？」派翠西亞不經意地問。

「啐！豈止有錢，他的財富根本難以估算……有好幾十億，七十、八十，或九十億吧。」

「確實很可觀……」

「的確還不錯。這些財富的累積耗費了羅蘋不少心力，他當然有權擁有。他這輩子起碼碰過七、八百件形形色色的挑戰，算算每起事件平均都能賺個千餘萬；只是，他每一次都得面對複雜難料的詭計、精疲力盡的冒險、無可避免的危機，受傷更是家常便飯，別提還有可怕的近身肉搏、面對落敗的氣餒灰心……而賺了錢之後，尚得面臨投資失利、投機市場崩跌等危險。另外，隨著他的年紀越來越大，還會增加許多額外開銷如支付年金等等，更別說羅蘋這人又那麼慷慨！林林總總這些情況加起來，您想，他會將資產拱手讓人嗎？雖然羅蘋向來也不太尊重別人的財產，但誰也別想碰他的一毛錢！禁止越雷池一步。光想到有人巴望他的財產就讓他抓狂，他絕對可以六親不認。」

「這點我存疑，」派翠西亞若有所思，喃喃道，「我倒不認爲他會這樣。」

「他跟一般男人沒兩樣。」奧瑞斯冷靜以答。

「但反正也是偷來的東西，好像不用這麼在意吧！」美國女郎提醒道。

他聳聳肩。

「怎麼可能不在意？這可是比光明正大賺錢更難，風險也更大！擁有自己財產的唯一好處，就是能激發鋼鐵般的捍衛意志，而且年紀越大，意志越堅定。羅蘋大約有十億身家……這是他承認的數字。我可不鼓勵任何人覬覦他的積蓄。」

話聲剛歇，他卻突然抬手遮住嘴巴，以氣音悄聲對她說：

「別動，也別出聲，一個字都別說，您能清楚聽見我說的話嗎？」

「很清楚。」她也低聲回答。

「我故意的。」

「發生了什麼事？」

他氣定神閒地點起香菸，往椅背一靠，望著藍色菸圈緩緩飄升至天花板，繼續低語道：

「無論我跟您說什麼，都不要有任何反應，也別害怕顫抖，只管聽我的，可以嗎？」

「好的。」她明白事態嚴重，識時務地輕聲同意。

「您對面的牆上掛了一面鏡子，只要稍微抬頭抬個幾公分，就能透過鏡子反射，看到我眼裡的景象。我呢，我這邊正對著窗戶，直接望過去一目了然，如何？」

「嗯，我看到了鏡子和窗戶……您是說左下方的窗玻璃嗎？」

「沒錯，有人在玻璃上鑽了一個洞，看到了嗎？」

「有，而且有東西動了一下。」

「那是槍管，剛剛才架上的，外頭有個傢伙正持槍瞄準我。您瞧鏡子上方的武器陳列架，那裡少了一把乙炔槍①，那把槍射擊時並不會發出任何聲響。」

「是誰在瞄準您？」

「大概是馬菲安諾，也就是猛獸，或者是他手下某個還算機靈的同黨。請保持現在的姿勢別動。欸，派翠西亞，您該不會昏倒吧？」

「我還不曾臨陣嚇暈過，您呢？」

「我可是樂在其中。安靜，派翠西亞，點根菸吧！菸霧能稍掩您蒼白的臉色，那個人在監視您，但不知道自己行蹤已露。聽我說，您現在若無其事地站起來，然後上二樓，正對樓梯的就是我的房間，房裡有具自動電話，您撥警局專線一七報案，要他們緊急派五到六個人來西貢大道二十三號這裡，音量要低；還有，用不著擔心維克朵娃，她人在三樓很安全，您只管關在房裡，拉上百葉窗，緊閉房門，任何人來都別開……任何人！」

「那您怎麼辦？」派翠西亞的聲音裡透著焦慮。

「既然我無須顧慮您的安危，就能專心想辦法脫身。去吧，派翠西亞。」

他隨即高聲表示：

「親愛的朋友，您一整天忙下來也累了，不如去睡吧！我的老奶媽會帶您去房間。」

「您說得對。」派翠西亞冷靜應答，「我累壞了，晚安，我親愛的朋友。」

年輕女子站了起來，態度自然，毫無破綻，從容不迫地走出餐廳。

奧瑞斯・維蒙頗為得意。先前他滅了自己威風在小姐面前示弱，但這會兒如此運籌帷幄、臨危不亂的表現，應能重新坐實自己在美國女郎心中的地位吧。

他察覺槍管在動，似乎已準備荷槍射擊。

「放馬過來，馬菲安諾！儘管開槍，小朋友！要不你一槍擊斃我，要不就換我轟掉你那無用的小腦袋！」

他扯開上衣，露出胸膛。

對方開了槍，但完全沒聽見槍響。

奧瑞斯慘叫一聲，捂著胸口，倒臥在地。

外頭傳來勝利的呼聲，落地窗倏地開啓，一名男子本想躍入屋內，卻發出哀嚎後退，原來奧瑞斯開槍射中了他的肩膀。

奧瑞斯安然無恙地站起來。

「笨蛋！」他對男子說，「你太蠢了，就憑你從武器架拿走一把裝有彈匣的步槍，又仗著自認爲是黑手黨萬中選一的狙擊手，就以爲萬事具備，加上我唉喲一聲，你就以爲萬歲，大功告成，目標死翹翹！唉，實在蠢得可憐，你想想，住在遠離鬧區的獨棟別墅，我這兒難免會碰上不速之客擅闖，我可能笨到奉上武器嗎？沒錯，我是提供了槍管及彈匣，不過少了最重要的東西。」

「什麼？」對方滿臉驚恐。

「子彈，槍裡沒半顆子彈！所以，你發射了一陣風，呆瓜！閣下開槍，竟然只有空氣，而空氣是殺不了人的，老兄！」

奧瑞斯一邊說，一邊又從武器架高處取了一把槍，走到窗邊，順著男子逃離的方向張望，卻遍尋不著馬菲安諾的人影，不禁擔心自忖：

「這惡棍跑哪兒去了？他到底打什麼壞主意？」

突然，二樓傳來尖銳的哨音，他認得這個召喚聲，是派翠西亞在求救。

「那夥人該不會連我房裡的祕密通道也發現了？」他焦慮地思索著。

對奧瑞斯而言，感覺焦慮就代表該行動了，他衝向樓梯，火速上樓。

來到二樓房門外，隔著牆板聽到爭執吵鬧，知道裡面正在上演攻防戰，地點就在那掩人耳目、供他羅蘋自由進出的密道入口。

奧瑞斯瘋狂衝撞著房門。

臥室的某面牆壁正門戶洞開，馬菲安諾打算強扯派翠西亞離開，兩名同黨則在他後方通道入口暗處，準備必要時出手幫忙。

精疲力竭的派翠西亞再也無力反抗，任由銀哨掉落，只能勉強喊著：

「救命！」

就在此刻，房裡的人全都聽見奧瑞斯猛力撞門的聲音，門被撞得咿呀作響。

「啊，我得救了，他在那兒！」派翠西亞喃喃自語，她又再度恢復氣力，使勁地掙脫著。

馬菲安諾依然緊抱著她不放。

「得救？妳想得美！」

門的另一端撞擊聲不斷，另外兩個同黨早已從密道溜之大吉，把猛獸氣得火冒三丈。

「好歹也來點獎賞吧！」他嘟噥著。

男子猛然彎下腰，意圖親吻年輕女子的嘴唇。

然而，他才稍稍碰到，女子便嫌惡地向後閃躲，甚至爲了抵抗這突如其來的討厭舉動，還伸手抓傷他的臉。

「混蛋！下流的野蠻人！」她放聲大叫，拚命反擊男子。

突然，房門砰然倒地，馬菲安諾連人影都還來不及看清，下巴已被撲上前來的奧瑞斯狠狠揍了一拳。猛獸鬆開派翠西亞，差點重心不穩跌倒，但接連幾個重重的巴掌又將他甩回來站直腰桿，打得他不得不認清情勢。他想逃，但密道已然關閉，他只好回到臥房中間，拔槍坐下，對著同樣緊握步槍備戰的奧瑞斯說：

「等一下，維蒙，咱倆暫時放下武器吧！像我們這種人，一出手便是拚個你死我活，毫不留情，但總不好沒先解釋清楚就取對方性命吧？」

奧瑞斯聳聳肩。

「但你不久前可是未經任何解釋就想殺掉我。好啊，你這麼愛談個清楚就談吧！麻煩簡單明瞭，講重點！」

「恭敬不如從命！今晚在安傑蒙府邸的宴會上，你說美麗的派翠西亞是你的人，因爲你愛上她了……這可不行，你無權掌控她，這點你最好搞清楚。」

「我當然有權，而且這權利還是她賦予我的。」

猛獸的眼裡閃過一絲嫉恨光芒。

「我堅決反對……」

「那你去找法院的法警申訴啊！」奧瑞斯打斷他的話，挖苦道。

這回輪到馬菲安諾聳肩。

「我看你是瘋了吧！睜大眼睛，仔細想想，你才認識她兩個小時。」

「那你自己又如何？」

「我可是認識她四年了。四年來，我一直在她身邊守候，亦步亦趨、暗中跟蹤，而且她在老阿雷米家見過我，對吧，派翠西亞？我不知躲在暗處跟蹤她幾次了，她也很清楚我愛她、我要她，她是我的全部……」

「說得倒好聽。」奧瑞斯冷笑，「她是你的全部，但你對她而言卻什麼都不是。什麼都不是，對吧，派翠西亞？」

「他在我心裡一文不值。」派翠西亞的語氣透露著厭惡。

「聽到沒有，馬菲安諾！還不快滾，以後少來煩我！」

「少來煩你？不可能。你對她來說不過是個陌生人，她的過往你也僅僅略知一二。你可知道阿雷米父子都愛她？」

「你說謊！」

「你可知道她曾經是死去報社社長兒子亨利・馬克・阿雷米的情人嗎？」

「胡說！」

「這事千眞萬確，她甚至還替對方生了孩子。」

奧瑞斯臉色一陣發白。

「你說謊……派翠西亞，事情不是他……」

「他說的是實情，」年輕女子不願隱瞞，坦率以對，「我有個現年十歲的兒子——我的心肝寶貝魯道夫。他是我的一切，我活著的唯一理由。」

「她離不開她兒子，」馬菲安諾接下去說，「前些日子還託人帶他來巴黎。」

奧瑞斯覺得猛獸話中有話，於是有點擔心地問：

「派翠西亞，孩子在哪兒，他……沒有危險吧？」

她露出肯定的微笑。

「是的，安全無虞。」

「回到他身邊去吧，派翠西亞，」奧瑞斯神色凝重地說，「帶他走得越遠越好，立刻帶他離開。」

馬菲安諾的嘴角泛起一絲冷笑。

「太遲了！」

派翠西亞面無血色，急得跳腳，眼裡滿是驚恐。

「你說什麼？我今天早上還見過他！」

「吉維尼鎮，是吧？孩子就住在維濃附近，那個勇敢的瓦瓦瑟大媽家裡，對嗎？派翠西亞，回去瞧瞧吧，妳是找不到孩子跟瓦瓦瑟大媽的。今天下午，這個婦人已經把孩子交給我了。」

派翠西亞臉色驟變。

「你這無賴、混蛋，那孩子體弱多病，需要細心照料！」

「我發誓他將得到最好的照顧，我會代替妳當個慈母。」馬菲安諾開的玩笑令人不寒而慄。

「我要報警！」派翠西亞失控地大聲叫喊。

「孩子的父親，也就是小阿雷米，他全權委託我處理這件事，法官一定很樂見我送孩子回到父親身邊！」馬菲安諾繼續開玩笑恫嚇。

奧瑞斯單手抓住馬菲安諾的肩膀，手勁之大，足以捏碎骨頭。

「我看還沒見到法官，你就會先遭到警方的逮捕訊問。」

「警察離這兒遠得很。」猛獸說。

「事情並非如你所想！我已經找人報警了，警車五分鐘後就到。喏，你聽警笛聲，他們快到了。馬菲安諾，想知道你的下場嗎？接下來你會被上手銬、進拘留所、出庭受審、上斷頭臺……」

「但是亞森・羅蘋也會被捕！」

「你腦筋燒壞啦！警方哪裡動得了亞森・羅蘋！」

猛獸想了一下。

「好吧！你有什麼條件？」馬菲安諾問道。

「說出孩子的去處，我就放你一條生路，讓你從另一條密道逃走。快點！警車已經到門口了，孩子在哪兒？」

「派翠西亞得跟我走，這件事由我們來搞定，就我跟她。她很清楚我的條件，只要她先讓步，我馬上把兒子還給她。」

「那我寧可去死。」派翠西亞低聲說道。

一樓響起門鈴聲，奧瑞斯大喊：

「他們來了！」

他隨即將手指停在牆壁上的某塊突起。

「我一按，玄關的大門就會打開，要我按嗎，馬菲安諾？」

「請便。」馬菲安諾毫不示弱，「但這樣一來，派翠西亞就無法得知她寶貝兒子下落。」

奧瑞斯按下突起處。一樓隨即傳來人聲及腳步聲。他往門口走去，準備迎接來客。馬菲安諾則迅速閃身跳至某扇窗前，開窗越過陽臺，瞬間逃逸無蹤。

「果然不出我所料。」奧瑞斯冷笑道，順手那把特製步槍。

漆黑籠罩花園，而鄰近的花園則連綿延伸，一望無際。

「他得先跳過三座矮牆，」奧瑞斯說明，「才能到達較高的那堵牆，還得事先備妥救命梯，攀越高牆、跳下人煙稀少的小徑，最後順利逃跑。」

「倘若他沒準備梯子呢？」派翠西亞問。

「他事先準備了，從這兒就能看到梯腳。」

派翠西亞顫抖著。

「若讓他跑了，我就再也見不到兒子了。」

警察在樓下叫人，維克朵娃離開她的房間下了樓，但奧瑞斯已朝警方大喊：

「請上二樓，各位！上樓第一道門就是了。」

他以肩膀抵著槍托，靠在窗邊低頭查找。

「別殺他，」派翠西亞哀求，「否則線索一斷，真的找不到我兒子了。」

「用不著擔心，不過是打麻他一條腿。」

扳機喀搭一聲，槍響不及，頂多只聽見子彈輕聲劃過的聲音，倒是花園那頭傳來了痛苦的慘叫與哀嚎。

奧瑞斯跨過陽臺，再扶派翠西亞過來，並協助她爬下鐵梯。

前三座牆高度頗矮，要通過並不難，但第四道牆明顯高出許多，只見牆腳下有副軀體正在掙扎扭動，奧瑞斯拿手電筒照亮。

「是你嗎，馬菲安諾？右小腿受了點傷對吧？不要緊，我的彈匣都用殺菌機消毒過，另外還備有急救箱，把受傷的小腿交給我們，馬上就有一雙優雅的巧手替你包紮。」

派翠西亞俐落地在傷口上纏好繃帶，奧瑞斯則快速搜查馬菲安諾的口袋。

「有了，」他歡呼，「我拿走啦，老兄。派翠西亞已經把你的會員證交給我，現在又找到馬

克・阿雷米與佛烈德里・菲勒德的會員證，也就是你從紐約警察總部偷來的那兩張！」

接著，奧瑞斯又壓低身子，厲聲道：

「交出孩子，我就把你的會員證還你。」

「會員證……」馬菲安諾結結巴巴地說，「我才不在乎！」

「錯了，小朋友！少了會員證，你啥也幹不了！這份有會員序號的證件，能證明你在組織裡地位特殊，具有分贓資格。到時候你如果無法出示，就不能算是會員，自然無法分一杯羹。那可就糟了，小兔崽子！」

「不可能！」馬菲安諾辯駁道，「那邊的人都認得我，我只要說會員證被偷了就行。」

「那也得有證據，這樣一來只有派翠西亞跟我能作證，但我們都不可能幫你，看來你分一杯羹的希望破滅了！」

「你忘了孩子還在我手上，光這一點就足以逼你們就範。」

「想得美。明天一早你帶孩子來交換，一手交人一手交證。」

「好吧……」馬菲安諾猶豫了一會兒，最後只得答應。

「你給我聽清楚，」奧瑞斯強調，「假如明天早上九點孩子沒好端端地出現在我面前，我就燒了你這張會員證。」

「太荒謬了，這不是強人所難嗎？你射傷我的腿，我根本好好走路都有困難。」

「也對，一會兒派翠西亞會再幫你換過繃帶，然後你乖乖在這兒休息，等明天晚上你帶我們一起去接孩子，這樣行了吧？」

「好！」

派翠西亞和奧瑞斯合力將馬菲安諾抬到高牆邊的一間小倉庫內，裡面堆滿了各式椅子及花園長椅。他們讓他平躺在長椅上，更換繃帶後，接著走出倉庫，將門上鎖，然後再回到屋裡。

「人不見了。」奧瑞斯對帶頭的警局探長表示。

「該死！你怎麼會讓他溜走呢？我們可是絲毫沒耽擱誤事，他究竟是從哪兒逃掉的？」

「從花園，他越過了環繞花園的那堵圍牆。您可以再過去搜查看看。」

當然，警方什麼也找不著。探長反過來詢問奧瑞斯・維蒙。

「先生，請問您是哪位？」

「在下就是巴黎警方所稱的那位『某人』。」

探長好奇地望著他，不置可否。

「這位女士呢？」探長又問。

「派翠西亞・強斯頓小姐，美國記者，暫待巴黎採訪。」

不一會兒，探長便帶著手下離開。

這天晚上，奧瑞斯將臥室留給派翠西亞，自己則睡在隔壁的小房間。

第二天沒出什麼意外，維克朵娃替他倆準備了豐盛的餐點，他們就像老朋友般無話不聊。一大早，奧瑞斯就爲囚犯送了食物過去，分量不多，倒是帶了大量的清水沖洗惡化的傷口，之後又睡了個午覺養精蓄銳，以應付接下來可能充滿突發事件的夜晚——他實在懷疑馬菲安諾說的話，這混蛋眞的會交出小魯道夫嗎？

晚上，奧瑞斯與派翠西亞再度前往倉庫，奧瑞斯開門後發出驚叫。在手電筒的照射下，他發現倉庫裡空無一人，鳥兒眞的飛了，飛得無影無蹤……進來的時候，門還鎖得好好的，看來並未遭到破壞，梯子也躺在原來的位置。

「這些傢伙眞不簡單，」奧瑞斯愕然道，「他們應該是從隔壁的別墅進來的。」

「隔壁住了誰？」派翠西亞問。

「沒人。但他們可以走我開鑿的祕密通道，密道有兩條，一條在一樓，另一條在二樓臥室裡，您昨晚看過的。」

「在你的房間？」

「是的，妳應該很清楚。昨晚妳睡那個房間，有沒有聽到什麼人出入的聲音？」

「沒有。」

「應該聽得見才對，因爲密道入口就在床邊……算了，我這笨蛋，不可能是這樣。」

「你該不會以爲……」

「不是以爲，是我確定——派翠西亞，是妳放走了馬菲安諾。」

她渾身爲之震顫，試圖擠出微笑。

「老天，我爲什麼要這麼做！」

「他拿小孩控制妳，我不知道他是怎麼威脅妳的，但想必是吃定偉大的母愛，行勒索之實！」

現場一片尷尬的沉默，派翠西亞雙眼低垂，臉色蒼白，似乎就快掉下眼淚。奧瑞斯拿手電筒照向女子，仔細盯著她看。最後，語重心長地開口：

「因爲他拿小孩控制妳。」

她沒有回應。奧瑞斯鬆鬆筋骨，雙手交握，把關節弄得喀啦喀啦響，沒再多說，僅帶著略顯嘲諷的神情，哼著歌離開了倉庫。

幾分鐘後，奧瑞斯調整好心情，打算再跟派翠西亞談談，試圖瞭解她是怎麼想的，但找遍了花園與別墅，都不見人影。派翠西亞失蹤了。

譯註

①乙炔槍，乙炔俗稱電石氣，為無色易燃、易生高溫之氣體。

chapter 5 小王子

奧瑞斯找了醫生來，確認維克朵娃的身體狀況。畢竟她遭人攻擊，受到了不小的驚嚇，所幸醫生表示一切正常，並無大礙，也沒有任何外傷，但得好好休息三、四天，待心情平復後建議前往鄉下靜養。

奧瑞斯很愛老奶媽，願不計任何代價，只求讓這位善良的老婦人儘速復原。因此第二天他一看完午報，便於五點之前走了一趟律師事務所，當場買下芒特附近一座占地遼闊的「紅屋」莊園。那個地方前陣子他才參觀過，沒想到剛剛就在午報上看到售屋啓事。

接下來一整天，他雇請建築師及地毯商到紅屋，他們保證四十八小時內可以全部完工。但奧瑞斯甚至沒等新居裝潢就緒便找來大批人馬護衛——他從跟隨自己已久的手下之中，挑了幾位最可靠機靈的一同前往。

當晚，也就是買下紅屋的隔天晚上，奧瑞斯回到歐德別墅。晚餐後，他接到一通電話。

他拿起話筒：

「我是奧瑞斯・維蒙，請問哪位？」

電話那頭傳來童稚悅耳的小孩聲音：

「我是魯道夫先生。」

「魯道夫先生？不認識。」奧瑞斯不客氣地回答，準備掛斷電話。

悅耳童音急忙說：

「魯道夫先生，就是派翠西亞女士的兒子。」

「啊，原來如此……有什麼能為您效勞的，魯道夫先生？」

「我母親覺得情況很嚴重，希望您跟我能見個面，共謀對策。」

「好主意，」奧瑞斯接口道，「我們會想出對策的，魯道夫先生。時間由您選，我都可以配合，順便告訴我地點。」語畢，他隱約覺得不太對勁。

「那麼，能否約在……」

對話硬生生被切斷了。奧瑞斯火冒三丈，起身沿著電話線查看。電話機位於餐廳，電話線則一路拉到隔壁辦公室，他很快於通往地下密道的樓梯入口前，發現遭人切斷的電話線，話線兩端無力

地垂落一旁……

看來有人躲在辦公室竊聽，並在談話內容似對奧瑞斯明顯有利之際，故意切斷電話線。這個躲在暗處的敵人是誰？究竟所為何來？

其實奧瑞斯・維蒙不用想也知道敵人是誰。自從兩天前馬菲安諾及派翠西亞相繼失蹤，他便不斷在心底責怪派翠西亞背叛自己——她居然為了救兒子放走猛獸，為了讓「魯道夫先生」安全脫身，逃離馬菲安諾的魔掌，寧願成為西西里人的禁臠。

看來，她和馬菲安諾之間的協議就這麼成交了，奧瑞斯彷彿親耳聽見猛獸說：

「派翠西亞，乖乖讓步，我就把孩子還妳！」

派翠西亞會讓步嗎？或者就快妥協了？這位母親想必面臨天人交戰，飽受煎熬，才會在背叛我奧瑞斯、幫助敵人逃跑之後，仍然透過兒子傳話求救——「媽媽說情況很嚴重……」他們只要一見面，孩子勢必就會告知奧瑞斯，自己母親遭到綁架的受苦受難地點。

但現在，該如何查出地點？又該如何勸阻這位愁苦慌亂的母親別貿然犧牲，屈服於猛獸的淫威之下？奧瑞斯思索著，心情從沒這麼糟過。

奧瑞斯・維蒙的心底突然一陣激動，那是沸騰至極的熾火，令他無法忍受自己居然無力阻止這等陰險迫害的威脅。

然而，他畢竟身經百戰又頭腦清晰，他很清楚在缺乏新線索的情況下礙難行動，也不宜盲目出手。他只得關在家裡運籌帷幄，卻又逐一推翻計畫，在等待進一步消息的煎熬中，他開始懷疑起自己的能耐……但仍然只能絞盡腦汁乾著急，這還眞是前所未有的痛苦。

就這樣過了漫長又心煩氣躁的三天。直到第四天早晨，西貢大道上的大門電鈴突然響起。他跑到窗邊，看見有個孩子正用力按著門鈴。奧瑞斯趕忙步下門階，穿過花園。此時，大道上有輛汽車疾駛而來，在別墅前緊急剎車，一名男子跳下車，一把抱起孩子，再鑽回車內，隨即發動引擎離開。整個過程不到二十秒，奧瑞斯完全來不及反應，他打開門欄，死盯著揚長而去的橘色敞篷車隱沒於僻靜大道，那是馬菲安諾的車。

奧瑞斯返回別墅，碰巧遇上聽見電鈴大作而趕來前門的維克朵娃，她休息了好幾天，體力明顯恢復不少。

「立刻去紅屋，」他吩咐道，「找二十個我們的人，要最能幹的，就地組織誰都不能跨雷池一步的嚴密防線，再放三隻最凶猛的德國牧羊犬徹夜戒備。另外，進門需要有通關密語，要他們夜裡繼續巡邏，二十四小時盯梢，總之務必嚴加戒備。而妳也得做好萬全準備，我可能會送一個人過去，屆時妳要寸步不離地看好他。回頭見，快回房收拾行李！不，別罵我，別發問，什麼話都別說。此事攸關性命，妳也知道我這人愛惜生命得很。妳快走吧！」

而歐德別墅這邊，爲了防止他人入侵，奧瑞斯・維蒙亦採取了一切必要措施，保護自身安全……

但未雨綢繆似乎沒多大用處，至少接下來的十二天是這樣，因爲什麼事也沒發生，沒有絲毫跡象讓奧瑞斯覺得敵人已經突破他那滴水不漏的森嚴防衛，沒有人恣意闖入屋內走動、窺探，甚至循線摸透他的計畫及生活作息。可是，他仍感到身邊飄動著一群看不見卻活躍非常的鬼魅。有時他以爲是自己在做夢，但卻不是夢，是眞的有「東西」在家裡，別墅簡直成了鬼屋……無論他如何巡邏戒備、持槍埋伏，都徒勞無功，找不到半個人影，倒是他臥室隔壁的房間偶爾會傳來窸窣聲、呼吸聲，地板甚至喀啦喀啦作響，他老覺得有人，可是衝過去一瞧，沒人，既無人影，聲響也中斷……甚至聽不見逃跑的腳步聲，接著又是一片死寂。他對敵人魔鬼般的機靈敏捷束手無策，爲之怒火中燒。祕密通道的入口關得死緊，這些人到底是怎麼進來的？居然如此登堂入室，這可是亞森・羅蘋的家！

然而到了第十三天晚上，他聽見寂靜中冒出一陣輕微的刮物聲，是從擋住祕密通道入口那扇隔板傳來的。

正在床上看書的奧瑞斯豎起耳朵——刮物聲越來越清晰，另伴隨著一種類似貓叫的怪異聲。他想大概是迷路貓兒發出的嗚咽聲，於是跳下床開燈，再拉開壁板。

一片漆黑的密道盡頭，竟有個孩子站在梯口，他五官端正，清秀可愛，頂著一頭金黃捲髮，身上穿著小女孩的衣服。

「妳是誰？在這兒做什麼？」奧瑞斯十分驚訝，但在孩子回話之前，他已然猜出他的身分：

「是我，魯道夫。」

孩子渾身顫抖，似乎累壞了。

奧瑞斯抓住他，將他拉進房間，激動問道：

「她在哪兒？是她要你來的嗎？她沒事吧？你是從哪兒來的？老天，快說吧！」

孩子奮力掙脫拉扯，他好像又重拾了氣力，和他母親一樣精力充沛。

「對，是她要我來的……我逃出來找您。現在沒時間多說，應該先行動才是，來吧！」

「去哪兒？」

「去找媽媽，那個人不放她走！我知道該怎麼做，聽我的就對了！」

儘管派翠西亞身陷險境，情勢極爲不利，但奧瑞斯還是忍不住發笑。

「很好，」他笑著說，「既然魯道夫先生知道該怎麼做，我就恭敬不如從命，咱們走吧，魯道夫王子。」

「爲什麼叫我王子？」孩子問。

「因爲有一本很知名的小說，書裡正好有位王子叫做魯道夫，他爲了拯救朋友，打擊敵人，再艱難的挑戰也不怕，你也是這種人。像我就怕……」

「我不怕！」孩子說，「來吧！」

魯道夫走在奧瑞斯前面，帶著手電筒轉身進入密道，金黃捲髮在空中飛舞。

魯道夫通過樓梯口時，不忘仔細查看黑暗中是否有異。

當他準備步下暗梯時，奧瑞斯拉住他：

「等一下，聽我說，我擔心出口遭人監控，那幫人知道這處密道。」

魯道夫聳聳肩。

「今晚出口沒人看守。」

「你怎麼知道？」

「如果有人看守，我就進不來了。」

「也許他們是一時大意……或者想藉你引誘我出去，才放你進來。算了，還是通過吧，正面遇上了再說！」

男孩搖搖頭，一臉古靈精怪。

「我們什麼都不會遇上，我說沒人就沒人。」

「好、好、好！」奧瑞斯又笑了起來，「那至少讓我走前面吧！」

「都可以，」魯道夫回答，「但我是從那兒來的，我知道路。出口通往路邊的一棟小屋，離您的車庫很近。小屋空無一人，那條路也很偏僻，媽媽跟我解釋過環境，我全都查看過了，我們可以放心地前進。另外，我還檢查過車庫，小屋的人把車開出來停在外面，車上一樣沒人。」

「哪輛車？」

「有八汽缸那台。」

「太好了，由你來駕駛嗎？」

「不，這就得靠您了！」

他們穿過密道，中途沒遇見任何人，而且路邊還眞停了輛車。兩人跳上車，奧瑞斯開始狂飆，魯道夫王子站起來，挨著玻璃，沒戴帽子，忙著指路：

「右轉！左轉！直走！開快點，眞是的，媽媽在等我們。」

「走哪條路？」

「波曼路，跟歐斯曼大道平行那條。」

車子馳騁如風，不斷急轉彎，奧瑞斯從沒開得這麼快過，他很驚訝居然沒被塞住、翻車或衝上人行道。

但只要想起派翠西亞正受到馬菲安諾的茶毒威脅，再加上孩子的聲聲催促，他便不顧一切，快馬加鞭地往前衝。

「右轉！」孩子冷靜地喊道，「右轉！左手邊第一條就是波曼路……停車！快按喇叭……對，繼續！」

眼前是一幢獨棟小旅館，旅館一樓極爲低矮，上層樓中樓的窗前有個平臺。喇叭聲響後，其中一扇窗開啓了，隨後一名女子跑下平臺，奔往石頭欄杆旁，弓著身子直往黑暗中瞧。

「是你嗎，魯道夫？」

「是我，奧瑞斯。」

奧瑞斯下車，認出派翠西亞。

「啊，成功了！」她叫道。

她回過頭去，發現另一扇窗也開了，一名男子躍下平臺，憤怒地咆哮：

「給我回來！」

「妳儘管跑過來，沒問題的。」奧瑞斯指示著，向她伸出手。

派翠西亞毫不遲疑地跨過欄杆，撲向那雙強壯的臂膀，奧瑞斯緊緊抱住她，一會兒才鬆開她。

「媽媽！我親愛的媽媽！」魯道夫激動大喊，朝母親跑去。

人在高臺上的馬菲安諾氣瘋了，不斷出聲恐嚇，作勢跨過欄杆。

「給我閉嘴，馬菲安諾，你嗓門太大了。」奧瑞斯冷笑道，「不過，你現在的位置倒給了我絕佳的瞄準點！看看那副翹臀，左右各一發，剛好讓你牢牢掛在那兒。」

他從車上取出滅音手槍，趁馬菲安諾背身、雙手攀著欄杆準備往下跳之際開了兩槍。兩發都命中紅心，馬菲安諾摔落在地。

「救命，殺人啦！」他嘶吼著。

「哪有這麼嚴重！是有點痛，但死不了人，我真不該對你手下留情的！」奧瑞斯拋下這句話，隨即頭也不回地離去。

車子拐著彎，重新開上波曼路。

半夜兩點，交換通關密語後，車子駛入了紅屋燈火通明的庭院。二十名由維克朵娃安排的護衛歡呼迎接他們的歸來，狗兒也興奮地在他們身邊兜圈子。隨後，奧瑞斯護送這對母子來到一間擺滿鮮花的房間。

「派翠西亞，沒有我的允許千萬別離開。你也是，魯道夫。」他叮囑道。

臥房窗戶比花園高出二到三公尺，底下有三名護衛輪守，他們甚至直接睡在草坪上。

奧瑞斯雙手搭著派翠西亞的肩膀，以魯道夫聽不見的音量，柔聲問道：

「我來得不會太遲吧……派翠西亞？」

「不，」她低語，盯著對方的眸子，「不，時間剛剛好。那惡棍給我的期限只到明天中午。」

「妳已有所打算？」

「是，我決心一死。」

「那魯道夫怎麼辦？」

「我相信，只要魯道夫順利抵達歐德別墅，就能得到你的保護。我讓他去找你時，心情倒很平靜，始終懷抱信心等著你們，我相信你一定會來救我！」

「救妳的是魯道夫，派翠西亞。那小子可真勇敢！」

chapter 6

短暫的甜蜜

在兒子與奧瑞斯連袂前來營救自己之前，派翠西亞於遭到監禁的波曼路旅館中，又為《警察線上》寫了一篇特稿報導，這回她以戒指當酬勞，託人發電報將稿子傳到紐約。這第二篇稿子所引起的迴響更甚之前那一篇，稿子被譯成多國語言，受到世界各地高度關切。但由於先前奧瑞斯曾特別交代，所以派翠西亞並未在文中提及兩人相遇之事。倒是提了不少由他加以分析推敲的結論，像是關於寶拉·西寧這名字與字母M的眞正含義，以及黑手黨組織存在的事實。

大眾旋即接受了派翠西亞條理分明又扣人心弦的說法。對於派翠西亞的言論及民眾的篤信，警方暫且順其發展。事實上，自歐德別墅報案那晚後，警探曾經重回現場調查，卻已不見涉嫌重大的那位「某人」先生、美籍記者，以及老奶媽維克朵娃，自然也沒有入侵歹徒的下落，儘管多方查訪，此案依舊無解。

但警方怎能承認調查無方？若能將這整起事件，連同其他數不清的懸案（儘管根本是兩碼子事），全算到邪惡的黑手黨及那個行竊累累最終犯下重罪的怪盜紳士頭上，豈不更好！況且，反正亞森・羅蘋永遠也逮不住，他名氣響亮，卻老是逍遙法外，似乎總在挑戰公權力，警方將可趁此良機挽回聲望。

這回，警方打的如意算盤是——希望黑手黨和亞森・羅蘋可以趕快來場火拚復仇，如此一來將能讓警方坐收漁翁之利，畢竟屆時必有一邊勢力陣營會尋求警方協助，警方將可望以最有效的方式介入爭鬥，然後將一干人等全關進大牢。

這便是何以派翠西亞及奧瑞斯・維蒙並未成為警方積極查緝的目標，巴黎警察總局決定靜觀其變，先讓這些嫌犯在警方刻意營造的安全氛圍下睡一陣子好覺（至少警察總局是這麼想的）。

就這樣，派翠西亞母子在奧瑞斯・維蒙、奶媽維克朵娃的陪伴下，共享幅員遼闊的紅屋及蓊鬱寬廣的園林，度過了四個星期靜謐愜意的時光。園林中央走道上方綠蔭蔽天，為椴樹枝椏交錯的拱頂所環繞，走道兩旁則擺放了許多陶壺花器及大理石雕像。這條中央走道緊鄰著塞納河，放眼望去可見偌大的草坪及花團錦簇的果園，景致優美宜人。

奧瑞斯沉浸於遠離塵囂的寧靜，每天都過得很愉快。他生性樂觀，隨時都能放下天大的憂愁煩惱，只為享受當下的美好。既然目下的防護戒備萬無一失，他自然也不再去想馬菲安諾，就當這人不存在。

奧瑞斯愛上了派翠西亞，但他還沒有告白，兩人的關係僅止於友誼。這名年輕女子迷人聰慧、坦率開朗，能與心儀的人如此輕鬆愉快地朝夕相處，他已感到心滿意足。小魯道夫更是讓奧瑞斯忘記煩憂、壓力一掃而空；魯道夫這孩子和他母親一樣迷人，跟他玩耍時，奧瑞斯彷彿回到兒時，而派翠西亞總在一旁微笑望著他們。

然而所有人都很清楚奧瑞斯並未掉以輕心。自抵達紅屋那天起，除了仔細檢查各項防禦措施，他也向維克朵娃仔細詢問新聘的僕人來歷。

在維克朵娃打包票確認僕人的背景後，向來難敵女性魅力的奧瑞斯，深深爲其中一名動人活潑、名叫安潔莉克的年輕女孩吸引，他將她列爲最優質的女僕。深愛著派翠西亞的奧瑞斯，對安潔莉克僅止於單純的欣賞，她眞是可愛漂亮啊——清秀的臉蛋脂粉未施，纖細柔軟的身軀裹著一件背部綁帶的黑絲絨上衣，就像歌舞喜劇裡常見的侍女，顯得活潑靈巧又勤勞；她不是進菜園裡選蔬菜、去果園摘水果，就是到農場收集剛產下的雞蛋，她的嘴角永遠掛著甜甜的微笑，眼神充滿純眞爛漫，動作總是規矩合宜。

「妳上哪兒找來的美女，維克朵娃？」女僕來的第一天，奧瑞斯便注意到了。

「安潔莉克？是某個商販介紹的。」

「資歷如何？」

「無可挑剔。她曾經在附近的城堡幫傭。」

「什麼城堡？」

「就是從這兒看過去，很多大樹那裡，左手邊，那裡有座高乃依城堡。」

「好極了，我的好維克朵娃，有美女相伴總是令人心曠神怡！那……貼身男僕費曼又是什麼背景……」

深入瞭解每位僕人之後，奧瑞斯便將注意力轉往別處，他尤其懂得及時行樂。這個季節氣候舒爽，鄉間風景賞心悅目，河流又近在眼前，當然得來些水上活動，於是奧瑞斯和派翠西亞母子幾乎每天划船順流而行。他們也經常游泳，小魯道夫和奧瑞斯的感情越來越好，他會跨坐在這個有趣大朋友的寬闊肩膀上，在水裡開心地大叫。

輕鬆自在、無憂無慮的美好時光讓他們三人的關係更加親密，派翠西亞對這位朋友越來越信任，也越來越溫柔。

某天，魯道夫跟維克朵娃在一起，沒一道出門划船，船上只剩他倆。負責划槳的奧瑞斯好一會兒才察覺派翠西亞一直盯著他瞧。

「妳怎麼一直看我？」他問。

「抱歉，」她說，「我老是改不掉這冒失的習慣，每次想知道別人的心底是否藏著祕密，就會猛盯著人瞧。」

「我現在只想讓妳快樂，就這麼簡單，沒有祕密。」

他接著又說：

「但妳想得可複雜多了，對嗎？妳問自己，這男人是誰？叫什麼名字？究竟是不是亞森・羅蘋？」

派翠西亞輕聲道：

「這點我從不懷疑。你就是亞森・羅蘋，此事千眞萬確，對吧？」

「可以是，也可以不是，妳開心就好。」

「如果你眞的是他，那麼就算我希望你不是，也無法推翻你就是亞森・羅蘋的事實。」

他低聲承認：

「我的確是他。」

對方的坦白讓年輕女子紅了臉，她心跳加快，有點喘不過氣。

「太好了，」過了一會兒，她靜下心來說，「有你在，我就有把握事情能成功，但我還是很擔心……」

「擔心什麼？」

「擔心以後的事。你說，你只希望我快樂……這心態恐怕會影響我們之間堅定的友誼。」

「這點你完全不必操心！」他笑著說，「我們友誼的界線一概由妳劃定，妳可不是個容易被愚弄或引誘的女人。」

「但這樣你就開心了嗎？」

「妳的一切都讓我開心。」

「一切？眞的？」

「對，所有的一切，只因爲我愛妳。」

她再度臉紅，不發一語。

「派翠西亞……」他開口。

「什麼事？」

「答應我，回應我的愛，不然我就跳進水裡去。」他半開玩笑地說。

「這我可無法保證。」她也學他的口氣。

「那我只好跳了。」

他說到做到，當眞拋下木槳，站直身子，連衣服也沒脫，一頭栽進了塞納河，接著又使勁地划起水來。派翠西亞見他往右前方一艘急速前進的小船游去，船夫駝著背，滿頭白髮、鬍子花白，似乎是個老頭，但從他俐落快速的划槳動作看來，分明就是個身強體壯、意志堅決的壯年男子。他以爲戴上假髮、把背墊高，就能騙得了人？

「喂！」奧瑞斯・維蒙叫喚道，「喂，馬菲安諾。結果你還是找到我們的藏身處啦？眞厲害！」

這回輪到馬菲安諾扔開船槳，拔槍射擊，子彈落在離奧瑞斯頭部幾公分遠的水面，引來水花四濺，惹得奧瑞斯哈哈大笑：

「笨手笨腳的傢伙！你手晃了，你知不知道，馬菲安諾。不如把槍給我，我來教你怎麼用！」

這番嘲弄惹惱了猛獸，他站在船上，抄起其中一支槳朝對手重擊而去，奧瑞斯沒料到這一招，連忙潛入水裡，失去蹤影。過了一會兒，馬菲安諾的船突然搖晃起來，奧瑞斯．維蒙從左舷冒出一顆頭。

「雙手舉高！」奧瑞斯大聲威嚇道，「舉高，否則我就開槍。」

馬菲安諾想也沒多想這對手才剛潛入三十公尺深的河面下，哪裡能掏出什麼武器，竟然就這麼服貼地抬高雙臂，怕得要死。奧瑞斯當下順勢一壓，讓猛獸連人帶船翻覆河中。

奧瑞斯爆出勝利的歡呼。

「贏了、贏了，敵人打退堂鼓啦！我們把馬菲安諾和黑手黨丟下水囉！你總會游泳吧？眞糟糕，怎麼游得像條死牛！該死，頭抬高，不然會吃水的，我看你還沒淹死就先被塞納河的水給毒死了……啊，反正，你自個兒看著辦吧！瞧，救兵來了！」

河岸上，兩名男子跳下水，往猛獸的方向游來，翻覆的船隻已漸隨水流漂離。深諳水性的奧瑞斯趕在他們靠近前，早就游上岸，翻找那些人扔脫在斜坡上的衣物，直嚷嚷：

「我又拿到兩張馬克・阿雷米親筆簽名的黑手黨會員證了！再加上馬菲安諾、馬克・阿雷米、佛烈德里・菲勒德、艾德加・貝克的四張，我現在手上有六張囉！分贓萬歲，亞森・羅蘋的財寶是我的啦！」

小船上的派翠西亞全程觀賞，覺得有趣極了。她將船划近奧瑞斯，上岸後，奧瑞斯摟著她的腰，帶她往最近的馬路走，此時那三個黑手黨惡棍也已從河岸下方登岸。

奧瑞斯得意洋洋地直呼：

「我贏得我的金羊啦——啊，美麗的派翠西亞！一切都很順利，敵人跌落河底吃泥沙，我嘛則是跌落愛河，成了聽話的僕人，成了世上絕無僅有的忠實奴隸！儘管我這僕人全身濕答答，但愛火會幫忙烘乾的！」

一名農人駕著載有乾草的馬車經過，奧瑞斯順勢將年輕女子抱上車，然後坐在她身邊，繼續高談闊論：

「兩張會員證呢，派翠西亞，大豐收！」

「這對你應該沒有多大用處？因爲如果他們成功了，財寶仍然到不了你手上！」

「說不定我能在派克托羅河①流動那天，找出讓金流改道繞回我口袋的方法。簡單來說，河水源頭就是我的口袋，我這叫以牙還牙。」

老馬拖著馬車，步伐緩慢，似乎在走牠這輩子最後一趟旅程，帶他們繞了好長一段路。

「這車要去紅屋，」農人表示，「但我得先把乾草運回農場。」

「啊！」奧瑞斯開口，「您在紅屋的農場工作？」

「對，今天是儲藏乾草的日子。」

「聽見沒，派翠西亞？簡直跟夢境一般！穀倉、牧場、存放乾草，田園風情樂趣無窮，恬靜又愜意，我們一定會很幸福！」

「我可不信你。」她似笑非笑地說。

「請問哪裡不值得信任？」

「你的善變！大家都知道，替換情人對你而言是家常便飯，從棕髮美女到金髮美女一字排開，你什麼情人沒擁有過！」

「可是自從認識舉世無雙的派翠西亞後，妳那頭金銅色的秀髮永遠是我的最愛！就算變得白髮蒼蒼也不會改變我對妳的愛……啊，我那戴著銀白色皇冠的派翠西亞，多夢幻啊！」

「眞是不敢當！總之，請約束你自己吧，」年輕女子微笑回答，「我這個人缺乏安全感，很容易吃醋，容不下第三者，也受不了輕佻隨便，如果你偏好喜新厭舊，發條可得轉緊些！」

兩人你一言我一句聊得逗趣不已，藉此轉移敵人恐已折返的焦急情緒。馬車駛進一處寬闊的農場庭園，四周置有堆肥及牲畜糞坑，它們之間僅以水泥碎石砌了一條細細的界線加以區隔。庭園中央佇立著一座鴿樓，形狀像半截塔，蔓生的常春藤底下依稀可見哥德式教堂的飛扶壁結構，在這座曾經雄偉的拱型建築底下有條早已坍塌的引水道。

奧瑞斯先扶派翠西亞下車，讓她在低垂的夜幕下先行返回紅屋，奧瑞斯則與農人進入馬廄，農人打算讓他看幾匹馬。幾分鐘後，奧瑞斯這才穿過矮樹林及花園準備回家。突然，他加快腳步，因爲僕人們全都聚在門前臺階上比手畫腳，騷動不已。

「怎麼了？」他不安地問。

「那位年輕小姐出事了！」有人回答。

「派翠西亞・強斯頓？」

「是的。我本來遠遠看見她走了回來，結果矮樹叢裡突然冒出三個男人包圍住她。她想拚命叫喊想要逃脫，可是我們還來不及趕到，那三個人就已經捉住她，把她扛在肩上帶走了，當時還聽到一小陣呼救聲，不過沒多久就停了。」

奧瑞斯臉色發白，頓時感到愁雲慘霧。

「嗯，」他接口道，「我也聽到叫聲了，但我還以爲是孩子們在玩鬧……那幾個男人是從哪個方向過來的？」

「從新車庫及舊倉庫那邊。」

「就是花園盡頭，農場庭園那個方向？」

「對。」

奧瑞斯立刻判斷是馬菲安諾和他的手下所爲，他們想必是循著塞納河，早自己一步返抵紅屋，然後設下埋伏，再趁他與農人待在馬廄時出手擄人。

他連忙回頭尋找農人。

「您知不知道或有沒有聽說，農場或莊園有什麼通往塞納河的通道？」奧瑞斯著急地問道。

農人不假思索地說：

「有的，以前有一條連接高乃依城堡的通道。對了，您家中的女僕，也就是美麗的安潔莉克曾在那裡待了一段時間，她對城堡很熟，可以帶路。安潔莉克！安潔莉克！」

但美麗的安潔莉克並未應聲，農人只好自己帶奧瑞斯前往鴿樓，兩人來到舊引水道的某處拱廊下方，旁邊牆腳有個胡亂堆滿礫石、看似已被堵死的入口。

果眞有密道。農人在現場發現新近留下的足跡，感到很意外。

「先生，您看，有人剛剛才從這兒通過，」他觀察後說道，「而且忘了回復礫石原先的擺法，故意弄得一團亂。」

奧瑞斯和農人一肩撞開障礙物，碎石滾落至暗梯下，裡頭傳來石頭撞擊的回音。

「這條通道很長，」農人表示，「中途還有柵欄擋路。」

他提著燈，奧瑞斯也拿出手電筒，大約走了兩百步後，便碰上柵欄。幸運的是，鑰匙還留在柵欄另一側的鎖頭上，那些惡徒大概忘了拔走。

兩人繼續前進。不久，地道湧入新鮮空氣，可見已離河水不遠。很快地，他們抵達了地道盡頭，接著進入一間殘破不堪、搖搖欲墜的小屋，裡面有扇少了玻璃、鑲板只剩窗框的破窗，從窗戶能清楚看到外頭的景象——這段河岸因淤泥混雜著岩塊，顯得凹凸不平；發亮的岩岸之間，流淌著一大片在朦朧月色下銀光閃爍的河流。左邊三百多公尺遠處，矗立著一座岬角，後方則是種滿高大白楊樹的城堡庭園。庭園裡生起了營火，黑暗微光中映照出林木繁茂的山丘。

奧瑞斯小心翼翼地往前走去，只見營火旁搭了好幾頂粗布帳篷，帳篷門口覆蓋了一塊拿來充當遮簾的粗布，底下則有三個樵夫裝扮的男人坐在帆布折椅上，一旁的矮凳擺滿了酒瓶杯盤，男人們正在大吃大喝，有名女子隨侍在側。

奧瑞斯不太確定這三個傢伙是否爲馬菲安諾那夥人，他們好大的膽子，竟敢來到離紅屋這麼近的地方紮營搗鬼！但他也很清楚，馬菲安諾這人向來膽大妄爲、輕率冒失，會有此舉並非不可能。不一會兒，他便藉著火光認出了馬菲安諾，還有那名肯定是派翠西亞的女子。奧瑞斯看不清女子的臉孔，卻認得她的身形……

奧瑞斯氣得直發抖，只見年輕女子的手臂上綁著繩索，繩索的一端繫著馬菲安諾的椅子，繩子只要稍一扯緊，馬菲安諾就會跌下椅子，而每一次摔落地上，都惹得他的同黨放聲大笑。

奧瑞斯要農人留在地道，自己則朝前逼近，躡手躡腳地躲在樹幹後方窺探，以免被敵人發現。

這三個惡棍吃過晚餐、抽完菸，隨即點燃火把，鑽進了帳篷裡。藉著火把的光芒，奧瑞斯注意到，第一座帳篷後方另有一個較小的帳篷，女子忙完後，隨即返回那頂小帳篷。

數分鐘後，火把全都熄滅，談笑聲也已停歇。

奧瑞斯趴在地上，自林木草叢間匍匐前進，並特意選了條沿途充塞著樹葉或灌木、可充分遮蔽月光的路線。

最後他來到那頂大帳篷旁，這時後方小帳篷的布簾突然掀起，他毫不猶豫立刻溜了進去。

「是奧瑞斯嗎？」對方的音量小到幾乎聽不見。

「派翠西亞？」

「對，我是派翠西亞。快，跟我來！」

他正想伸手碰她，她又說：

「雖然外頭一片黑暗靜寂，但我早就已經看見您前來，也聽到了您的腳步聲。」

奧瑞斯激動地擁她入懷，她將唇瓣貼在對方耳邊輕聲地說：

「快逃！貝舒警探和警方都在找您。馬菲安諾向他們密告您住在紅屋。」

奧瑞斯．維蒙強忍住輕蔑的冷笑。

「啊！」他說，「難怪這夥人敢離我這麼近，原來是仗著有警方保護當靠山。」

「快逃吧，求求您！」年輕女子再次催促。

「妳希望我走嗎，派翠西亞？」

她喃喃自語：

「我很擔心……爲您擔心……我整個人心力交瘁……」女郎軟弱地說著。

奧瑞斯抱著她，親吻她的嘴唇，她沒有抗拒……

譯註

①派克托羅河（Le Pactole），希臘傳説中富含金沙的河流，等同金礦、財源之意。

chapter 7

睡美人

這一夜溫暖宜人，天邊一輪明月灑落皎潔月色，如燐光閃爍。沉睡的鄉野聽似寂靜，實則暗藏無數此起彼落的細微聲響，許多生物蠢蠢欲動，或探出地底，或飛過樹梢，不時能聽聞夜鶯輕巧穿梭枝椏間，而遠處瀑布則傳來音調悅耳和諧的低喃。

帳篷裡的愛侶緊緊依偎，寧靜的夜晚哄得他們入睡。偶爾，奧瑞斯在半夢半醒間，會伸手觸碰身旁熟睡伴侶的手臂，確認她眞的在身邊，確認自己不是在作夢，畢竟這一切太不可思議了，令他不敢相信是眞的。

天終於亮了，朝陽的曙光補滿篷頂縫隙，奧瑞斯半直起身子，再次握住身旁伴侶的手，結果卻一陣心驚膽顫、汗毛直豎……那隻手竟然是冷的，非常冰，冰涼得駭人……

奧瑞斯感到恐懼莫名，彎身貼近那副動也不動的軀體，透過帳篷內的微光，他看到一張覆蓋著薄紗的臉，酥胸半露，左胸下方插著一把刀……他嚇得無法動彈，但仍試著再往下彎一點，將耳朵貼上那早已冰冷的肌膚，卻聽不見任何心跳。

啊，別人閉上眼是進入夢鄉，她卻是走入死亡；死亡來得如此突然，以致於在情人懷裡的她受到致命一擊時，還來不及掙扎便喪命，連抱著她的情人也絲毫未察覺。

奧瑞斯衝到隔壁帳篷查看時，發現馬菲安諾與他的手下都走了，他不敢耽擱，逕直奔回紅屋尋求支援。

他在玄關遇見總在早晨外出走動巡視的維克朵娃。

「他們殺了她。」他眼角泛淚。

維克朵娃竟還天眞地反問：

「她死了嗎？」

他愣愣地望著奶媽：

「對，她死了。」

老奶媽聳聳肩：

「不可能。」

「我告訴妳，一把刀直沒入她的心臟。」

「那我也告訴你，她不可能會死。」

「為什麼？怎麼可能？這話什麼意思？妳有什麼證明？」

「意思就是我保證她沒死，至於證明，女人的第六感就是證明。」

「照妳的第六感看來，我該怎麼做？」

「回到原處，照顧傷者，不要離開，以防她再次遭到攻擊。」

她突然住口。園林某處響起一記尖銳哨音。

奧瑞斯吃了一驚，大感不解：

「這又是怎麼回事？這……是派翠西亞發出的信號。」

「所以啦，跟你說沒事。」維克朵娃得意地嚷道，「你看她不但沒死，還從馬菲安諾和他的同黨手裡逃走。」

奧瑞斯喜出望外，貼在敞開的窗邊側耳傾聽。

此時卻傳來某種野獸的嘶啞咆哮，吼叫聲迴盪四周，持續了好一會兒才漸漸停歇。

老奶媽不自覺地在胸前劃出十字，每次雷聲大作時她總會這樣。

「是老虎，」她說，「一定是。昨天有人跟我說，幾天前有隻母老虎從某個流動馬戲團脫逃，躲進當地人稱為原始林的區域，也就是高乃依城堡那附近。所有人無不想盡辦法捉捕牠，沒想到受了傷的老虎反倒更凶猛，也更危險，萬一派翠西亞遇上了……」

奧瑞斯跳下窗，趕緊奔至位於地道入口的老教堂。他火速穿過地道，出地道時，他聽見岬角旁不僅傳來女人的尖叫聲及連續幾聲哨音，而且混雜著野獸的怒吼。

吼聲再起，而且距離更近。野獸正往紅屋方向而來，奧瑞斯衝往岬角附近的草原，朝帳篷區奔去，卻意外發現現場一片狼藉，胡亂散著破布、木椿和椅子，彷彿經歷了洪水肆虐。

不過，奧瑞斯倒是在鄰近的河流看到一艘悄然駛遠的小船。他一眼就認出船上那三個傢伙。

「喂，馬菲安諾！」他大吼，「你把派翠西亞怎麼了？你這殺人凶手，竟然攻擊她！快說，她死了嗎？人呢？」

船上的男人聳聳肩。

「我不知道，你去找找吧！她還活著，反倒是我們被老虎攻擊，營地全毀，我想派翠西亞八成被老虎叼走了，你自己去找吧！看你的本事有多大！」

小船消失在河道盡頭。

奧瑞斯強忍住焦慮，眼觀四面，耳聽八方，卻不見異狀，也沒再聽見哨音及野獸吼聲，周遭靜得令人不安。

他只好聽從惡棍的建議開始找人。高乃依城堡四周有一大片茂密陰暗的樹林，他從某道牆的缺口鑽進園內，聽說離城堡越近才可能遇上原始林，而這外圍的林木還算稀疏。

吼叫聲再次傳了過來，這次大概只相差兩百多公尺遠。奧瑞斯停下腳步，他即便再勇敢，也不免擔心野獸一定是聞到氣味循跡而來。他急著想辦法，該怎麼辦？他身上只有一把小口徑手槍，根本不足以保命，況且萬一老虎突然衝出矮樹林，他又如何能瞄得準？

踩踏葉子、壓斷樹枝的聲音越來越清晰，野獸越來越逼近。他聽見虎嘯低鳴，聽見盛怒的鼻息聲，卻不知道老虎的確切方位。

但老虎一定看見他了，甚至已準備好撲向獵物。

下一秒，奧瑞斯像個敏捷的雜耍藝人，一躍攀住高處的枝幹，手腕使勁撐上樹，他感到小腿遭到衝撞，但撞他的是濕熱的鼻吻，而非利齒。他站在樹上，成功抓住更高的樹枝，輕而易舉爬到老虎到不了的高處。

母老虎首波攻擊不成，卻未繼續發動攻勢。不久，奧瑞斯聽到憤怒的低嚎，猜想老虎大概跑回森林了，接著又是一聲大吼，最後傳來壓碎骨頭的聲音。

奧瑞斯不禁為之恐懼顫抖，野獸果然從帳篷叼走了派翠西亞，所以牠正在啃咬那副破碎的身軀嗎？若是如此，他又何苦冒險搭救？人死了該從何救起？

他在樹上等了兩個小時，無計可施、心煩氣躁、憂心如焚。無止盡的等待太折騰人，他再也等不下去了，於是不顧危險，順著層層枝幹爬下樹，帶槍深入樹叢。

他勇敢地走到林木生長最為茂密的森林邊界，仔細探查仍毫無所獲，只見烏鴉朝林間空地飛撲，一堆小動物在奧瑞斯的跟前四散奔逃，獨不見母老虎的蹤影。

尋覓許久，依舊徒勞。他疲累沮喪，忍受著蚊蟲滋擾，天氣又悶熱難耐，而且越近傍晚，暴風雨的威脅更形加劇。

當第一道閃電劃破天際、雷聲大作之際，他終於拖著疲憊不堪的身軀回到紅屋。他沒吃晚餐，緊繃的神經隨雨勢傾瀉稍稍緩和。他躺在床上，卻怎麼都無法入睡，發燙的腦袋浮現昨夜抱著摯愛派翠西亞的每分每秒。他想，事情發生時自己應該正在熟睡，凶手握著匕首，摸黑潛入帳篷襲擊派翠西亞，卻沒發現他奧瑞斯・維蒙也在。派翠西亞或許憑著過人的勇氣，忍耐著不動，以免敵人轉而對他不利……她這是以死相救，多麼情深意重哪！

但仍有其他疑點，使得情況撲朔迷離、無從解釋。例如哨聲是怎麼回事？那確實是派翠西亞傳來的呼喚，如果能吹哨，代表人還活著。奧瑞斯仍抱著一絲希望，沒錯，的確有些疑點頗費猜疑，找到答案前尚有希望……

暴風雨持續增強，雷聲隆隆，驚天動地。忽然，三隻巡邏犬開始齊聲狂吠，叫聲淒厲。狗兒恐怕已扯斷了鍊子，因爲奧瑞斯聽見牠們如發狂的野獸般橫衝直撞，競相越過園林，從樹叢、灌木直至農場庭園，一路追趕著無名惡靈。騷動混亂的聲響有如夢魘，是種失控、詭異又糟糕的喧鬧。

他彷彿聽見有人說，戒備在莊園四周的營地遭到了難以計數的野蠻騎兵攻擊，對方手持刀刃，直搗防線。暗夜中，奧瑞斯・維蒙不禁胡思亂想，他推測這些人的模樣，想像他們揮舞長劍利斧，殺人放火。憤怒的狗吠與叫囂依然不絕於耳，偶爾還能聽見遭到追捕的獵物發出驚恐哀嚎……接

著，竟傳來老虎的咆哮。

奧瑞斯叫來幾名負責戒備値勤的手下詢問詳情，但他們也不明白究竟出了什麼事。

他們試著出動人馬，但夜色漆黑、大雨滂沱，無法前進得太遠。在這伸手不見五指的暗夜，狂風持續橫掃花園。這場非比尋常的狂風暴雨，顯然已爲古老傳說中的恐怖獵人開了一條邪惡之路。

黎明來臨，風雨漸緩，狗群因爲過於激動，仍像發神經般四處奔跳。暴風雨逐漸平息，豪雨轉爲間歇性小雨，似乎肩負著滋潤戰場的責任。白晝驅散夢魘，安撫人心，也令牲畜平靜了下來。狗兒仍持續低吼，但不再聲嘶力竭，已收斂不少，大概擔心昨夜如此放肆會遭到抽鞭，而神經緊繃了一整夜的主人果眞狠很痛揍牠們一頓。

「怎麼會發生這種事？」奧瑞斯說，「究竟是爲了何方的遠古野獸，還是哪隻飛天蛟龍，或是啓示錄裡的獅頭羊身怪？天啊，那是什麼？」

眼前有隻奄奄一息的捲毛狗，頭骨碎裂，肚破腸流，爪子不住抽搐，好似隨風顫動的枝條，讓散落在外的灰青色腸子緊緊纏繞。

羅蘋提著捲毛狗的耳朵，像展示戰利品般舉起狗兒的屍體，朝手下喊道：

「喏，你們看，這就是狗兒拚命圍捕的野獸。」

其中一人仔細查看狗屍後表示：

「該死，是睡美人的狗！」

「啥？睡美人？什麼意思？」

「可不是，那座快塌了的城堡，裡頭有個睡了一世紀的女士。」

「什麼城堡？」

「高乃依城堡啊，就在岬角後方的樹林裡。」

「有個女人在那兒睡了一世紀？胡說八道！那是童話故事。」

「我哪知道，好像就是有個沉睡的女子……」

「你認識她？」

「沒人認識。我也是從村人那邊聽來的，地方上一直以來都傳得沸沸揚揚……」

「他們怎麼說？」

「據說睡美人的祖父在大革命期間，曾經參與審判，同意將路易十六和皇室家族處以極刑。爲了贖罪，她花了十年時間，跪在高乃依城堡的耶穌像前祈禱，之後便一直沉睡。」

「獨自在城堡裡沉睡？」

「是的。」

「還照吃照喝？」

「這就沒人知道了。」

「該不會還出門散步吧？」

「據說她偶爾會上村子，但遇過她的人都很確定她是邊走邊睡，根本沒醒。雖然睜著眼睛，卻像夢遊人一樣，有看沒有到。我當然沒親眼見過，但此事千眞萬確。」

奧瑞斯・維蒙沉思許久，隨後才說：

「我這就去找她，爲她死去的可憐狗兒致歉。城堡在哪兒？」

「噢，那座城堡根本是間破房子，早就成了廢墟，不過是拿幾片木板胡亂修補。那周圍的林木很茂密，大家都叫那片林子『原始林』。」

「她一整天都在睡覺，誰也不見？」

「嗯，很少見人。不過聽說有一天，馴獸師與地方長官一同前往城堡，告知睡美人有一頭母老虎從流動馬戲團逃跑了，所有人都在四處找尋，舉國的獵人也都想盡辦法要獵捕這隻猛虎。不過最新消息是，有人在她住的高乃依森林這附近看到了老虎出沒。沒想到，睡美人聽了卻不慌不忙地說：『對啊，是我收留牠的，牠受了槍傷，凶猛暴躁，現在還在森林裡，傷是好了，但還是很凶。你們儘管去抓吧！』然後到現在，地方警力還在追捕中……」

午後，奧瑞斯將捲毛狗的屍體裝進竹簍，提著往岬角前進，接著往山坡上的高大樹林走去。那兒有條泥濘不堪、布滿車胎痕跡的小路，沿著路走可來到已被塡補封閉的護城河，護城河上方突起的出水孔平臺，幾乎被叢生的矮林及橡樹遮掉了一半之高。再繼續走可看到一片青蔥綠地，草地盡頭佇立著飽受歲月侵蝕的古老耶穌雕像，上頭攀滿了常春藤，藤蔓下塑像毀壞殆盡但輪廓依稀可辨；塑像石材不斷破碎剝落滾至遠處，最後不是掛在常春藤上，便是黏附於青苔表面。

現場充斥著「不歡迎訪客到訪」的訊息，謝絕訪客的告示牌林立，上頭以黑底白字寫著——

私人產業

禁止進入

內有惡犬

另置捕狼陷阱

沒有任何明顯可見的大門或入口，只能穿過荊棘叢登上這座傾頹已極的城堡，某條布滿青苔的階梯後方有扇窗戶權充出入口。內部不見荒廢的房間，也無天花板及地板，只剩雜草亂木叢生，且泥坑處處。某條勉強可稱之爲路的小徑，在城堡廢墟中蜿蜒著；奧瑞斯沿著小徑，來到廳堂中央一處塗滿瀝青的長型破屋前，這裡似乎是唯一能住人的地方。

他開門叫喚：

「有人在嗎？」

屋舍後方傳來用力關門的聲音。

他往那個方向走去，途經放有行軍床的小房間；穿過廚房，廚房的木桌上有碟牛奶，旁邊有盞

點燃的酒精燈，上頭擺了鍋子，馬鈴薯正在沸水中翻滾。

睡美人沒料到居然有人擅闖，於是丟下食物倉皇而逃。

本想追過去的奧瑞斯猛然止步。

距離他兩步遠的前方，一頭野獸的鼻吻擋住了他的去路……

chapter 8

生力軍

野獸的後方是座林木茂密交錯的庭院，形成一堵綠色高牆，高牆某處開了個狹窄缺口，枝葉間有條幽暗隧道。高乃依城堡的老夫人應該就是從這處出口逃走，老虎則在護送她離開後，回頭對付不速之客。

奧瑞斯・維蒙和野獸四目對望，僵持了好一會兒。他心裡七上八下，頻頻默唸：

「小夥子，千萬別動，否則牠會伸直牠的利爪抓人，甚至扯下你的頭。」

但無論如何，奧瑞斯始終沒垂下眼睛，他想測試自己面臨這種不尋常的危機時，能有多冷靜。其實，他還頗高興有這場相遇，才有機會站在一頭巨獸前展現自己堅毅的本性。這眞是對意志力及自制力的絕佳訓練！

一分鐘彷彿一世紀那麼長，但他挺住了！一開始差點令他屈服的恐懼，此時一掃而空。他在等待對方出手，甚至滿心期待著……

突然老虎發出低吼，轉身朝空中嗅了嗅，似乎也準備從綠籬底下的隧道離去，令牠讓步的並非緊迫盯人的眼神，而是眼前男子無畏的意志。奧瑞斯仍緊盯著老虎不放，他退後兩步，拿起廚房桌上裝滿牛奶的碟子，小心翼翼地放在老虎身旁。老虎遲疑半晌，居然看似彆扭，但仍下定決心享用。牠舔了三、四口便喝光牛奶，然後回到綠籬缺口四處嗅聞，只因潮濕的草地留有老夫人離開時留下的足跡。奧瑞斯注意到，老虎果真於之前的圍捕行動受到槍傷，導致後腿有點跛。他推測，是高乃依城堡的這位古怪獨居女士替老虎療了傷，自此老虎便跟著她生活。

他並不想激怒野獸，於是迅速關上門，重新穿過破屋，緊握手槍，邊走邊留意後頭動靜，一路平安返回紅屋莊園。他十分慶幸，自己居然能安然無恙地從老虎眼皮底下全身而退。

兩天後，他才又重拾勇氣回到那棘手的樹林一探究竟。當再度走進神祕的古老屋舍時，卻不見睡美人及老虎，似乎已人去樓空。他出聲叫喊，一片寂然。他帶著鋒利沉重的三角狀大刀，本打算引虎出洞，將牠開膛剖肚，好爲受害者報仇！經過反覆思量，他只能忍痛相信——那天早上，他誤以爲派翠西亞身亡而愚蠢地丟下她，但其實當時她還活著，是隨後出現的老虎殺了她，再將屍體叼至牠護守埋於枯葉底下的巢穴。奧瑞斯當然也想找出馬菲安諾的巢穴，要他付出代價，卻遍尋不著那三個惡人的蹤跡。他到處搜尋，滿腦子只剩下復仇及屠殺，但依舊一無所獲。

他疲累沮喪地回到紅屋莊園，向奶媽吐露自己該爲派翠西亞慘死負責的心聲，但維克朵娃搖搖頭，表示存疑：

「我還是認爲她沒死！野獸沒咬死她，馬菲安諾也沒殺她。」

「難不成又是女性第六感這麼告訴妳？」奧瑞斯苦笑道。

「那當然，況且就連魯道夫也平靜得不得了，完全不擔心自己的母親失蹤。他是個纖細敏感的孩子，又那麼愛母親，假如母親過世，他一定知道。」

奧瑞斯聳聳肩。

「難不成妳相信他能未卜先知？」

「沒錯。」老婦人信誓旦旦表示。

兩人沉默片刻，奧瑞斯又重新燃起希望，可是……這也未免太瘋狂了，他不禁感到一陣莫名的光火，開口說道：

「那晚我抱著的確實是個活生生的女人，但她早上確實死了。」

「對，但死的不是你以爲的那位。」

「那又是誰？」

維克朵娃左顧右盼，然後低聲說道：

「聽著，打從驚天動地的那一晚之後，來莊園幫傭的安潔莉克就消失了。我從可靠消息得知安

潔莉克以前是馬菲安諾的情人，她認得那夥惡棍，是她幫他們煮飯，每晚跟他們會合。」

奧瑞斯思索了一下。

「所以，被殺的是安潔莉克？我當然希望被殺的不是派翠西亞……但如果是這樣，妳能解釋帳篷裡的女人爲什麼會突然變成安潔莉克？她又爲何要引我入帳篷？馬菲安諾又爲什麼殺她？究竟爲什麼？」

「安潔莉克是想藉機接近你，她想這麼做已經很久了，你沒注意到她看你的眼神……」

「妳覺得她愛上我？這太抬舉我了吧！所以，馬菲安諾是出於嫉妒才殺人？可憐的傢伙……也是啦，他跟自己喜歡的人老是處不好，最後她們每個都喜歡我，像是派翠西亞、安潔莉克，但他幹嘛不連我也殺？」

「你不是說，你拿走他那張握有分贓權利的會員證？他怕萬一你沒帶在身上，結果你又死了，那不就永遠找不到？況且，再怎麼殺人不眨眼的惡棍，諒他也不敢隨便對奧瑞斯·維蒙動手……」

他搖搖頭。

「這麼說或許沒錯，但我還是很懷疑……算了，反正姑且信之吧！妳的推論也不無道理，我的好維克朵娃。」

「所以你相信我？你也認同？」

「乍聽之下無懈可擊，我就照單全收了，這樣能讓我心裡舒服點。唉，可憐的安潔莉克……」

他對於美麗女僕遭到那畜生殘忍殺害自然感到很同情，但內心也不禁對派翠西亞仍在人世又多了一分希望。

當天夜裡，奧瑞斯被老奶媽搖醒。

他起身坐在床上，揉著眼睛抱怨：

「妳瘋了嗎？除非妳又有什麼女性直覺新感應要說，否則清晨四點叫我起床，若不是發生火災，就是妳在發神經！」

但他卻察覺維克朵娃神色驚慌，這才停止發飆。

「魯道夫不在房裡，」她語氣激動，「這已經不是他第一次在夜裡失蹤，我很清楚……」

「才十一歲就在外頭過夜！哎呀，年輕人犯點錯，睜一隻眼閉一隻眼就算了！但他這叛逆也來得太早了吧，你想他會去哪兒？巴黎？倫敦？羅馬？」

「魯道夫很愛他母親，我覺得他應該是去找媽媽了，和媽媽見面，一定是……」

「他從哪兒出去的？」

「窗戶。窗戶是開著的。」

「守門犬沒叫？」

「一小時前有聽到狗吠，他鐵定是那時候離開的……而且有人告訴我，清晨五點時總會聽到狗叫，表示他都是在那個時間回來，每晚都一樣……」

「我看這是小說情節吧，可憐的維克朵娃！沒關係，我來弄清楚……」

「還有，」老奶媽接著又說，「我還知道，有三個男人在莊園附近徘徊……」

「有登徒子想追妳喔，維克朵娃！」

「別開玩笑，那可是警察。護衛已經認出其中最難纏的一個，也就是貝舒警探。」

「貝舒，我的對手？妳眞愛說笑，除非警方決定逮捕我。可是這還眞難以置信，試想我幫了他們多少忙啊！」

他蹙眉沉思。

「當然，照子還是得放亮點，走吧，快！對了，有人動過那邊那個保險箱，三個密碼轉盤都被撥亂了。」

「這裡就只有你和我會進來，我可沒碰……」

「這麼說，是我自己忘了把數字調回原位？妳知道這非同小可，裡面有我的教戰手冊、遺囑、其他保險櫃的鑰匙，以及各個藏身處的說明，若是曝光我可能會被洗劫一空。」

「聖母瑪麗亞！」老奶媽驚呼，合掌祈禱。

「聖母瑪麗亞對保險箱可幫不上什麼忙，負責看管的人是妳，萬一出什麼差錯，妳得賠上全副籌碼。」

「什麼籌碼？」

「就拿妳那珍貴的女性名譽來抵！」奧瑞斯冷冷地回答。

*　　*　　*

隔天夜裡，奧瑞斯爬樹登上園林柵欄上方的瞭望臺，旁邊便是農場。

他在枝葉的掩護下耐心等候。皇天不負苦心人，在教堂午夜鐘聲響起前，不遠處傳來輕巧的奔跑聲，聲音於跳越籬笆時短暫消失，隱約可見那是頭體型碩大修長、動作靈活的野獸。犬欄裡的狗群開始吠叫，奧瑞斯爬下樹，跑到魯道夫臥室的窗邊，躡手躡腳地靠近。

窗戶開了，房裡亮起燈，兩、三分鐘後奧瑞斯聽到孩子的聲音，隨後只見剛才疑似從陽臺進房的老虎，又再度回到陽臺。這駭人的龐然大物，腳掌搭著欄杆最高處的橫條，魯道夫則趴在老虎背上，兩隻手緊緊環抱粗大的虎脖，咯咯笑著。

野獸縱身躍入樹叢，馱著沿路嘻笑的小傢伙大步奔馳。狗兒再度狂吠。

這時，躲在走廊陰影處的維克朵娃才走了出來。

「看到了嗎？」她驚慌失措地說，「那頭野獸要把這可憐的孩子帶去哪兒？」

「當然是帶他到母親身邊！」

「真有可能嗎？」

「派翠西亞應該是和高乃依夫人一起照顧受傷的老虎，替牠療傷，而那隻馬戲團的老虎本來就

受過馴服訓練，為了報恩便跟在她身邊，像隻忠心耿耿的狗兒百依百順。」

「的確，事實擺在眼前。」維克朵娃不住讚嘆。

「啊，我也跟那頭老虎一樣馴服乖巧呢！」奧瑞斯謙卑地說。

他小跑步經過農場，踏上通往高乃依城堡的草原，沿著幾乎快湮沒的小徑，翻過破屋的窗……然後，他欣喜若狂，激動歡呼——派翠西亞正坐在客廳扶手椅裡，將兒子抱在膝上親個不停。

奧瑞斯走近，出神地望著年輕女子：

「妳……妳……」他結結巴巴地說，「我太幸運了！我根本不敢奢求妳還活著！那馬菲安諾殺死的究竟是誰？」

「安潔莉克。」

「她怎麼會在帳篷裡？」

「她放走了我，自願當我的替身，後來我才知道為什麼！原來她愛上了亞森・羅蘋。」說完，派翠西亞皺起眉頭。

「人想自尋死路這也是沒辦法的事。」奧瑞斯面無表情地答道。

「薩依達，就是這頭老虎，牠在傾倒的帳篷裡找到垂死的安潔莉克，把她帶了回來，但已經回天乏術，當時那情況太可怕了。」

派翠西亞仍心有餘悸地渾身發抖。

「馬菲安諾跟他的同黨跑哪兒去了？」

「他們依然在附近出沒，不敢輕舉妄動。啊，眞是混蛋！」

她又抱住兒子，熱烈吻著魯道夫。

「小親親！我的心肝寶貝！你從來不害怕，對嗎？薩依達沒傷害你吧？」

「噢，媽媽，當然沒有。牠甚至怕搖晃得過猛我會不舒服，所以跑得不是很快，我很信任牠……當然，也好高興回到媽媽的懷抱。」

「看來你和你的神奇坐騎相處得很不錯，太好了，不過現在你得去睡點覺，薩依達也該睡了，帶牠回窩裡去吧。」

孩子站起來，抓著野獸的耳朵，拉牠朝臥室另一頭的壁櫥走去。壁櫥裡鋪有軟墊，旁邊有個小隔間，派翠西亞的床鋪就在裡面。

但薩依達越往前走越抗拒，顯然不願隨孩子前進，甚至發出憤怒的低吼。最後，牠蹲在女主人的床前，頭趴在地上，一動也不動，吼叫不減反增，尾巴還生氣地拍打地板。

「好啦！薩依達，」派翠西亞從椅子上起身，叫喚道，「怎麼了，美人兒？」

奧瑞斯留神地觀察老虎。

「大概是有人躲在妳的床底或躲在房間某處，被薩依達發現了。」他提醒道。

「眞的嗎，薩依達？」派翠西亞問。

大貓報以憤怒的吼聲，接著伸出利爪，以有力的鼻子推床，鐵床架瞬間往牆邊撞去。此時爆出三聲驚恐呼喊，床底果然躲了人，這下形跡敗露了一半。

派翠西亞一個箭步衝過去救人，奧瑞斯跟在後頭嚷著：

「給我老實說，不然你們就完了！一共幾個人？三個而已？其中一位是赫赫有名的貝舒嗎？回答我，親愛的探長。」

「是……是我貝舒。」警探回應道，他仍趴在地上，被虎毛直豎、不停怒吼的薩依達嚇得魂不附體。

「你是來逮捕我的？」奧瑞斯又問。

「沒錯。」

「那你得先抓住薩依達再說，老頭，也許牠願意乖乖就範呢。你今天運氣還真差，你希望牠離開嗎？」

「再好不過。」貝舒肯定地說。

「那就恭敬不如從命了，我的好友，我就讓你心想事成。其實這樣也好，不然我也很擔心你會死無全屍。來吧，派翠西亞．強斯頓，煩請支開您的保鏢吧！」

年輕女子摸摸老虎的頭，老虎也輕輕磨蹭女主人，發出了蒸氣機般的呼嚕聲。派翠西亞接著叫喚道：

「魯道夫，親愛的！」

孩子撲進母親的懷裡，派翠西亞指著門口說：

「薩依達，該送你的小主人回家了，去吧，薩依達。去吧，我的小帥哥！腳步輕一點，知道嗎？」

老虎似乎很專心聆聽，牠遺憾地瞪了貝舒一眼，一副雖然很想品嚐他的滋味，但仍決定聽話，服從命令，爲主人賦予自己的任務感到驕傲。牠緩步走近魯道夫，讓孩子爬上自己強壯的背脊。孩子輕拍老虎的頭，抱住牠的頸子，叫道：

「出發！」

巨獸一躍，兩步就竄出屋外，過了一會兒，遠處傳來狗群吠叫，而天色依舊漆黑。

奧瑞斯開口：

「貝舒，快跟你的朋友離開床底，老虎十分鐘後就回來了，所以，越快越好！嗯，難道你有我的逮捕令？」

貝舒跟同伴紛紛起身。

「對，那當然。」他拍拍身上的灰塵。

「這逮捕令恐怕太緺了些吧！薩依達也有一張嗎？」

貝舒氣得不想回答。

奥瑞斯雙手盤胸，繼續譏諷道：

「蠢蛋！沒有逮捕令，你以爲薩依達會任你替牠的腳掌上銬？」

奥瑞斯打開通往廚房的門。

「快逃吧，小朋友！跟你的同伴一塊兒逃，死命地跑，然後跳上最早的那班火車吧。回家後趕緊把自己扔進床裡，好好回過神喘口氣！下次別想再誤闖床底，聽我的，這是良心建議。走吧，否則薩依達的早餐很可能是豐盛的警察肉排！」

貝舒的另兩名同伴早已聞聲逃跑，貝舒正打算跟上，奥瑞斯卻拉住他：

「我再問你一句，貝舒，是誰提拔你爲警探的？」

「是你。我萬分感激……」

「你感激我的方式就是處心積慮想逮捕我？算了，這次饒過你。貝舒，你想要我幫你升上警長嗎？如果想，明天星期一早上十一點半，警察總局見。而且你得順便拜託長官，把這個案子交由你全權負責，因爲……我需要你，辦得到嗎？」

「沒問題。多謝，我萬分感激……」

「趕緊逃你的命去吧！」

貝舒一溜煙即失去蹤影。奥瑞斯回頭望著派翠西亞：

「所以，睡美人就是妳？」他問。

「對，是我。我母親是法國人，住在這兒的老太太是我親戚，她沒瘋，只是有點古怪。我一到法國就來看她，而她一見我就拿我當女兒看。後來，老太太不幸染上重病，沒多久便過世了，留給我這片早已毀壞的古老地產。我住進來之後，好好利用了長年縈繞古堡的傳說擋掉外界無謂的好奇心，所以沒人敢越雷池一步。」

「我懂了。」奧瑞斯說，「古堡離紅屋那麼近，所以妳便設計一切讓我買下紅屋，如此一來，妳不僅有安全的藏身處，魯道夫也能在我那兒受到妥善的照顧，而且又離妳不遠……對吧？」

「對，」派翠西亞坦率地應道，「還有……能離你近一點，也讓我感到幸福。」她低垂雙眼，害羞地說。

奧瑞斯有股想擁她入懷的衝動，卻忍住了，年輕女子似乎還沒準備好面對柔情密意。

「薩依達又是怎麼回事？」他問。

「很簡單。牠逃出流動馬戲團，在圍捕過程中受了傷，躲到這裡，我便替牠包紮療傷，牠知恩圖報，之後便對我忠心耿耿。有牠的保護，讓我再也不害怕馬菲安諾。」

奧瑞斯默不作聲，低頭對派翠西亞說：

「我好高興找到妳，派翠西亞！我還以為妳死了，為什麼不早點讓我安心？」他輕聲責備著。

年輕女子半晌不開口，她閉上眼睛，臉色凝重，甚至帶有敵意。

終於，她回答：

「我再也不想看到你，我無法原諒你居然和別的女人在一起……對，就是那天晚上在帳篷裡……」

「但我以爲那是妳啊，派翠西亞。」

「你根本不該這樣以爲！我不能原諒這種事！你居然把別的女孩當成我，她可是馬菲安諾的情人，是他以及那群可怕黨羽的女僕。你以爲我會對你投懷送抱，自甘墮落到這種程度？而且，那一夜的溫存已經永遠留在你心底，我又該如何抹去？」

「只要用更美好的記憶覆蓋就可以啊，派翠西亞。」

「不可能有更美好的記憶，因爲根本不會有。你把那女孩當成是我，我可不想跟她爭。」

奧瑞斯湊近她，爲這份妒意感到竊喜。

「派翠西亞哪裡需要跟別的女人爭！妳太低估自己啦，沒人比得上妳。我愛妳，我只愛妳派翠西亞，貨眞價實、獨一無二的派翠西亞。」

奧瑞斯激動地將女子拉入懷裡，緊緊擁抱。她生氣掙扎，並不打算原諒他；意識到自己無力掙脫的事實後，只能不爭氣地越形憤怒。

「放開我，」她大叫，「我恨你，你背叛了我。」

派翠西亞氣得全身發抖，隱約明白終究得放棄掙扎，卻仍用盡氣力推開對方。奧瑞斯不願鬆手，他只想貼近她的臉。

落地窗突然「砰」的一聲打開，老虎回來了。牠跳進房間，蹲低拱背，雙眼炯炯發亮，好似兩顆綠色的星星，準備往前撲。

奧瑞斯・維蒙放開派翠西亞，挺身直視這頭野獸，他小心翼翼地溫柔低語：

「唷，你在啊？我覺得你有點多管閒事喔！欸，派翠西亞，妳的小貓還眞是訓練有素。了不起的女人，妳就是有本事讓人對妳又敬又畏。好、好，我絕對尊重妳，但我可不想因爲這隻大貓而貽笑大方，更不願被我所愛的女人嘲笑……」

接著，他從口袋取出一把又大又鋒利的隨身摺疊刀，飛快拉開刀柄。

「你要做什麼，奧瑞斯？」派翠西亞驚呼。

「親愛的朋友，我一定要在妳可愛的保鏢面前捍衛自尊，免得牠看扁了我奧瑞斯・維蒙是個容易打發的兔崽子！如果妳不馬上當著貓咪的面吻我，我就剖了牠的肚子。」

派翠西亞猶豫不決，滿臉通紅，最後起身倚著奧瑞斯的肩膀，貼上他的唇。

「很好，」他說，「看來尊嚴是保住了，眞希望這種被迫捍衛尊嚴的甜頭機會多多益善！」

「我可不會任你殺掉老虎，」派翠西亞喃喃說道，「少了牠的保護，我不敢想像後果。」

「嘿，我也可能被咬死啊！」奧瑞斯抗議，「沒想到妳毫不替我擔心！」他的聲調變得憂鬱，令派翠西亞爲之動容。

「你眞以爲我不擔心？」她低聲回應，臉更紅了。

不過她隨即恢復了鎮定，奧瑞斯花心摟別人的討厭記憶沒那麼容易忘，她依然感到自己的愛情底線受到嚴重侵犯。她走向老虎，摸摸牠的頭。

「乖，薩依達。」

野獸發出滿足的呼嚕聲。

「乖，薩依達！」奧瑞斯亦隨之鎮定放鬆下來，接著說，「別動，讓先生我平安離開吧！再會，我的叢林女王，你身上的虎紋怎地令我聯想起斑馬……不過，這會兒我才是那隻該逃開的斑馬。」

他戴上帽子，經過老虎身邊時還不忘脫帽致敬。離開前，他轉身對派翠西亞說：

「再見，我的派翠西亞女巫。妳這個美女馴獸師站在薩依達旁邊，活像古代女神似的……我最愛女神了，我發誓！再見，派翠西亞！」

奧瑞斯．維蒙匆匆返回紅屋。維克朵娃已小心關妥門窗，待在大廳等他，一聽到主人的腳步聲，她立刻跑上前去。

「跟你說喔，魯道夫在房裡！」她嚷著，「是野獸帶他回來的，他現在應該睡著了。」

「妳又是怎麼跟母老虎打交道的？」

「噢，事情很順利，我們雙方都沒出聲。不過，我倒是預藏了好幾把縫紉大剪刀。」

「可憐的薩依達，恭喜牠逃過一劫。妳該不會嚇得從床上跌下來吧，維克朵娃？」

「怎麼不，還跌了兩次呢。不過這頭野獸雖然大，但看上去很友善。」

「看來是一見鍾情囉！」奧瑞斯促狹地笑答。

「現在，」奧瑞斯突然臉色一變，說道，「我要跟妳談一件很重要的事，維克朵娃！」

「現在？」奶媽大吃一驚，「不能等明天嗎？」

「不，不行，過來我旁邊這張大沙發坐。」

兩人雙雙坐下，沉默了好一會兒。

奧瑞斯表情沉重，有點嚇著維克朵娃。

他嚴正開口道：

「所有歷史學家都承認拿破崙一世在位最後幾年，文治武功最爲偉大，他的軍事天才在一八一四年的法國戰役中達到頂峰，卻因爲親信背叛而敗北——像是貝納多特元帥勾結敵軍，最終導致萊比錫一役潰敗；而如果莫羅將軍沒交出蘇瓦松城，普魯士的布呂歇元帥早就被殲滅了；還有，如果不是馬爾蒙元帥陰謀反叛，巴黎也不可能投降。這些歷史我們都同意對吧？」

老奶媽眨眨眼，滿臉訝異。

奧瑞斯不苟言笑，繼續說道：

「啊，維克朵娃，我覺得自己現在的處境簡直似曾相識——我的意思是，儘管尙波貝、克拉安、蒙米哈①等戰役紛紛告捷，但江山依舊從我腳下流逝，失敗步步逼近。一座由我從無到有打拚

而來的財富王國即將落入敵人之手，他們再加把勁就能讓我一無所有，而我卻無力反擊只能束手就擒，最後淪得淒涼落魄、抑鬱以終，這簡直是拿破崙的聖赫勒拿島歷史重演……」

「你是說，你遭人背叛？」

「對。這件事我曾稍稍跟妳提過，現在更加確定有人搗鬼。有人進我房間，打開保險箱，想拿走竊取我所有財產的鑰匙及文件，打算全數占為己有，一毛錢都不放過。而且，掠奪大戰已經開始了……」

「有人進你房間？你確定？」奶媽結結巴巴說道，「誰能進得來？」

「我不知道。」

他盯著奶媽問：

「妳呢，維克朵娃，妳有沒有懷疑是誰？」

她猛然跪倒在地，哽咽啜泣起來。

「你這小傢伙，你居然懷疑我，我不如死了算了！」

「我不是懷疑妳打開保險箱，而是懷疑妳放人進屋子在我房裡翻箱倒櫃。是不是，老實回答我，維克朵娃。」

「嗯……」她掩面承認。

他輕輕端起奶媽的頭，並無責怪之意：

「誰來過？是派翠西亞，對吧？」

「嗯。幾天前，她趁你不在時來看兒子，然後兩個人就關在房裡。但她怎麼會曉得保險箱的密碼？這連我都不知道……只有你知道啊！」

「這妳別管，我有點頭緒了。不過，聽好，維克朵娃，妳爲什麼不告訴我她來過，這樣我就會知道她還活著……」

「她說如果我告訴你，會害你有生命危險，要我發誓守口如瓶。」

「那妳拿什麼發誓？」

「上帝永恆的救贖。」老婦人輕聲說。

奧瑞斯雙手交叉，氣憤地說：

「所以，妳就光顧著妳永恆的救贖，不管我世俗的救命？只顧妳永恆的救贖，不管該對我盡的職責？」

老奶媽淚如雨下，依然跪地不起，雙手蒙著臉，嚎啕大哭。

突然，奧瑞斯起身。客廳傳來敲門聲，他走上前，沒開門，僅隔著牆大聲問：

「什麼事？」

「老大，有位先生堅持要見您。」一名護衛回答。

「他在客廳？」

「是，老大！」

「好，我來跟他說，你回崗位去，艾提安。」

「好的，老大！」

等男人的腳步聲遠離，奧瑞斯還是不開門，故意扯著喉嚨問：

「是你嗎，貝舒？」

「對，我回來了，還有些事得處理。」

「你是指逮捕我？」

「完全正確！」

「你有逮捕令嗎？」

「有。」

「從門縫塞進來我看看。謝謝你，我的老朋友。」

門底下滑進一張官方文件，奧瑞斯彎腰拾起，仔細確認。

「很好，」他高聲回答道，「很好，一切合乎程序，只有一個問題。」

「什麼問題？」貝舒吃驚地詢問。

「它被撕了，我的老朋友！」

奧瑞斯將逮捕令撕成四片、八片、十六片，揉成一團後打開門。

「拿去，親愛的朋友。」他將紙球交給貝舒。

「啊、啊，這……事情不會就這麼算了！」貝舒顯得氣急敗壞。奧瑞斯比劃手勢要他安靜。

「別這樣大呼小叫，有損你警探的形象。喂，老傢伙，問你一件事，你開車來的嗎？」

「是啊！」貝舒應道，內心再次對奧瑞斯的冷靜印象深刻。

「載我去警察總局。你知道的，我得去關照一下任命你爲警長的事，不過先等我一下。」

「你上哪兒去？我們會寸步不離地跟著你。」

「我去高乃依城堡找派翠西亞，有話跟她說。要陪我去嗎？」

「不。」貝舒一口回絕。

「你擔太多心了，薩依達不會怎樣的，只要面對面直盯著牠，牠絕不會反擊。」

「或許吧，」貝舒說，「但我和我同事壓根不想和牠正面對望。」

「好吧，悉聽尊便。」奧瑞斯回答，「那我改天再去高乃依城堡。諸位，現在帶我走吧！」

他親暱地攬著貝舒的臂膀，兩人直往門口柵欄走去，身後跟著兩名隨警探前來一直在玄關守候的員警。天色大亮已久，他們坐上停在路邊的警車，奧瑞斯・維蒙心情極佳。

早上九點，在貝舒的安排下，奧瑞斯與警察總局局長會面。局長十分禮遇奧瑞斯・維蒙伯爵，因爲這位紳士不但富有多金、人脈豐沛，還屢次幫了警政單位大忙。

晤談了好一會兒，奧瑞斯終於離開警局。除了確認貝舒的警長任命案，他還提供警方幾項有力的線索，而奧瑞斯自己也獲得了寶貴的情報，這場協商可說圓滿成功。

譯註

①尚波貝、克拉安、蒙米哈，皆為西元一八一四年拿破崙對抗反法聯軍時獲勝的戰役。

chapter 9

金庫

奧瑞斯・維蒙在自己的車上喬裝易容，他戴上假鬍子，及一副鏡片染色的玳瑁框眼鏡。

當十點的鐘聲響起，車子便沿著人行道停下；最後一記鐘響時，奧瑞斯剛好跨進安傑蒙銀行的門檻。

拱門下，兩名銀行接待員要求查看會員證，並在上頭做了註記。

行至玄關處，另有四位魁梧的英國警衛監視，他又再次出示會員證，證件又多了個新的註記。

經過一連串檢查、確認及驗明正身後，警衛終於領著化名奧瑞斯・維蒙的亞森・羅蘋走向一道豪華的大理石階梯。他們往下來到一樓，停在一座前方加蓋了鐵窗的大型柵欄前，警衛照著特定節奏敲了五下——扣、扣扣扣、扣，隨即聽到門栓拉開的聲音，只見柵欄的雙扇門開了一邊，進去之後有個大廳，再往裡走，即是藏放金庫的房間。

意即——穿過柵門，再穿越大廳另一頭的銅門，即可進入金庫。庫房櫃體以橡木實心製造，並用鐵釘釘入天花板，四面牆壁則採鋼板材質。

大廳裡約莫聚集了四十多名男子，有些坐在靠牆擺放的扶手椅上，有些則圍在工作人員站著的小講臺旁。這群人之中，有個蒼白削瘦、目光冷漠的年輕人特別顯眼。他彷彿以爲自己是革命時期國民公會的議員，打扮活像保皇黨——掛著單邊眼鏡、手握短棍，配上一襲絲絨寬領禮服，領結打得高高的。

其他人則幾乎清一色爲肌肉結實的壯漢，個個都是方型下顎配上滿臉橫肉。

當最後一位進場的銅鈴響起時，所有人動作劃一，全都起身。

奧瑞斯．維蒙盯著這些人，露出冷笑，率先來了句充滿諷刺挑釁的招呼語：

「爲志同道合的我輩匪類，喝采吧！」

現場氣氛頓時變得很尷尬，所有人都深覺受到冒犯，「匪類」一詞還眞是大不敬，眾人發出不以爲然的噓聲。

蒼白少年站上講臺壓制騷動，他以裁紙刀敲桌，待大家安靜下來後立刻發言：

「別怪他，他就是先前把事關任務的重要情報，賣給馬克．阿雷米先生的那位法籍密使，他並不認識我們。」

之後，少年開始切入正題。聲音尖細的他，善加利用揮拳的手勢和激昂的態度，扭轉他弱不禁風的形象。

「各位賢達，今天是我們執行委員會成立以來的首度全員集會，我認爲必須對從成立之初便一直共襄盛舉的朋友們，做點必要說明。

「各位朋友都知道，我們的組織可以溯及好幾世紀以前，那是由一群勇敢堅毅、信仰堅定之人所組成，他們在動盪顛沛的文藝復興時期全力支持教廷，與教宗共同捍衛羅馬與拉丁文明精神，以對抗北方蠻族、法蘭西及日爾曼民族。

「到了今天，沉寂已久的組織又再度崛起，由兩名優秀之人發揚光大、注入新血，我們應該向這兩位朋友致上最深的尊敬及感激——他們是詹姆士・馬克・阿雷米與佛烈德里・菲勒德。這兩位紳士非常瞭解現代社會的特性，力求組織清規合乎時宜，更強調戒律，並聰慧地設立值得爭取的目標，以期讓各位都能在努力後獲得相應回報。

「他們的發想是，讓各位實踐家、各位勇士服從於最高權威，而所謂最高權威自然是由超然人格及堅定道德所組成，也就是『紀律暨全權懲戒委員會』，簡稱『紀全懲會』。這個組織等於是由大家共同建立，因爲在場四十名會員全是嚴肅刻苦、律己甚嚴、不流俗於世道之人，就像早期的清教徒，從不同情他人的弱點，對自身的失敗也絕不寬貸。在場四十位地獄王子，每一位都能在平心靜氣的獨立思考下，針對目標加以辨別、判斷、出擊，一氣呵成。各位高貴的先生，雖然打從一開始我們便不惜採取各種監視與窺探手段，但這麼做也是爲了掌握初期的『十一人委員會』，尤其著重在帳務建立及收益分配這個環節上，我們希望確保在這全體努力的成果裡，每個人都能獲得自己應有的那份。

「關於收益，紀全懲會先抽百分之五十，剩下比例的金額則全數保留給在世界各地參與任務的伙伴。這個部分絕不會出錯，沒有特權，也不會偏頗，我們每天都詳實加以記錄，帳簿大家隨時可查。

「紀全懲會是懲戒、道德及監督的單位，與最早的十一人委員會權力相當。十一人委員會重現了黑手黨員的組織，提供計畫與訊息，組織在他們的發起與經營之下逐漸富有壯大。這十一位是洞燭機先的預言家，是了不起的實踐家，其中幾位雖不免犯下某些失誤與罪行，但我們仍應將一切化爲感謝。

「諸位都很清楚他們分頭行動的成果，也對他們的卓越表現讚譽有加，更明白瞭解到若不是他們，我們的生活水準無法獲致如此珍貴的提升。在此我就不細述他們每一位個別的功勞與成果顯著的行動，更別提他們那無庸置疑的高尚正直節操——畢竟組織這一年來收穫不菲，這十一人若想神不知鬼不覺中飽私囊實在是輕而易舉，但他們依然正直地將所有戰利品繳庫。

「不過，別急著稱揚他們，這種作法對行事正派之人本非什麼難事，我的重點在於——是黑手黨給了他們做大事及推展行動所需的銀彈，讓他們付諸實行，他們因而爲成功感到驕傲，也爲能夠替黑手黨效命並帶來收益感到驕傲。帳冊裡詳實記載了每一分錢的流動與進帳，讓我們向這十一人獻上最誠摯的敬意，並期許未來繼續以公正廉潔爲本，這才是組織永續經營之道。

「但在這群開疆拓土的元老中，有兩位紳士的成就、毅力及實踐精神尤其令我讚賞，再一次的，他們是詹姆士・馬克・阿雷米與佛烈德里・菲勒德。大家都知道，有些組織的小任務無甚新意，最後成果也往往無足輕重，而我們組織追求的目標很遠大，足以激發無窮的想像力，甚至催生獨特的創意。是的，是馬克・阿雷米靈光乍現，給了大家一個最棒的目標——『寶拉・西寧』！當這幾個神奇的字眼從他口中說出時，簡直令人不敢置信，且教人痛快。可是我們的老朋友派翠西亞・強斯頓卻將這個字眼的眞實含義昭告天下，瞬間成了你我恨之入骨、不共戴天的敵人。總之大家都清楚，本任務的最大宗旨就是——黑手黨力抗亞森・羅蘋。

「啊，我永遠記得那一刻，馬克・阿雷米，《警察線上》那位品德高尙的社長老阿雷米，是如何向我痛陳他對亞森・羅蘋的憎恨。亞森・羅蘋，惡徒中的惡徒，卻又是最得人心的壞蛋，也因此最危險。此人腦袋一流，能力頂尖，超級富有，我重申——亞森・羅蘋超級富有。馬克・阿雷米對我說：『區區一名盜賊亞森・羅蘋居然有數不清的財富，這對清貧剛正之人簡直是種冒犯，所以我打算拿走這些不義之財。』亞森・羅蘋居然是百萬、千萬、億萬富翁，這難道不是這時代的恥辱？任何文明若存在這等無恥情事，必然會受到譴責。想想這個人都偷些什麼——他總是讓先人的寶物重見天日，接著據爲己有；不然就是挖到一些古代的珍寶，像是來自羅馬時期、法國歷代國王，甚

至是中世紀修道院，全都落到這騙子手裡。瞧，他是多麼無敵，有花不完的財富！一個人擁有如此巨大的資源簡直令人髮指，替天行道加以沒收或許是條可行之路。

「而根據旁人賣給我的可靠情報，其中有些亦經過我本人證實，我知道亞森・羅蘋已經變賣了所有錢財、鑽石、珠寶、房產、地產、別墅、屋舍及豪宅，並且全數換作黃金、美金。法國有中央銀行，他也有自己的亞森・羅蘋銀行；法國有國庫，他也有自己的亞森・羅蘋金庫。我告訴各位，亞森・羅蘋銀行就是安傑蒙銀行，亞森・羅蘋金庫就藏在這座堡壘裡，就在各位身邊！我手上握有鑰匙及開鎖密碼，所以這下子美金、金條、金塊全部都是我們的……

「這是馬克・阿雷米的使命，也是我的，而我的使命還包括召集各位來到這裡，並以本人的正直高尚情操擔保，金庫鑰匙及寫有開啓金庫密碼的文件都在這兒！阻礙已完全剷除，從此以後，在場四十位全副武裝、義無反顧的勇士與亞森・羅蘋的億萬財富之間，再無任何阻礙！」

大廳裡響起如雷掌聲，歡聲雷動不絕於耳。眾人揮舞著帽子，馬菲安諾更是激情地揮動手杖，高聲呼喊：

「為阿雷米喝采，為菲勒德叫好！歡呼吧！」

蒼白少年為自己的成功演說感到驕傲，待平息眾人的情緒後，他又開口：

「身為主席，我十分樂意見到大夥同聲一氣，看來各位已經全盤理解本人剛才對這項重大任務的說明。那就不再多說，不再耽擱，畢竟金庫才是重點。但開金庫之前，為了辨明諸位是否都具備分配財富的資格，我們得先確認會員身分。」

他開始從容不迫地唱名，每唸完一個名字便停頓一會兒：

「1號：詹姆士・馬克・阿雷米？」

「遭到神祕謀殺，死亡，會員證丟失。」馬菲安諾答道。

「2號：佛烈德里・菲勒德？」

「遭到神祕謀殺，死亡，會員證丟失。」馬菲安諾再度答腔。

「3號：馬菲安諾？」

「在。」

這名西西里人敏捷跳上了講臺。

「您的會員證？」

「被偷了。」

「這種情形稍後將由紀全懲會查驗並做出裁決。我繼續：4號？5號？」

「兩人都遭到謀殺，一位死於樸資茅斯，另一位在巴黎。會員證也都遭竊。」

「6號？」

「在，會員證同樣遭竊。」這次換了一個人回答。

亞森・羅蘋認得此人，他是馬菲安諾的同黨，歐德別墅及紅屋的攻擊事件他都有份。

「7號?8號?」

「三天前失蹤了，會員證也失竊。」又是馬菲安諾的聲音。

「9號?10號?11號?」

無人回應。

年輕的主席約略計算後，接著表示：

「簡而言之，十一位創始會員中，僅兩位到場，另四位死亡、五位失蹤，至少有六張、甚至可能八張會員證遭竊。今天因缺席而無法回應唱名的成員，將無條件喪失財富分配權。最後這三位大家都不認識，我再唱名一次。」

他不慌不忙，逐一詢問：

「9號?10號?11號?」

「11號在!」有個聲音喊道。

眾人一片嘩然。

「您是哪位?」主席問。

一名蓄鬍、戴著染色鏡片的紳士從人群中走出。

「我是誰?自然是您口中的11號!」

「您的會員證?」

「在這兒。」

蒼白少年唸出對方遞上的會員證：

「（M）寶拉・西寧11號。」

「有馬克・阿雷米的署名，」少年補充道，「核對無誤。請問您的身分是？」

「您剛剛提到的情報就是我賣的，由於組織掌握了那些情報，才能發起這項任務。」

「這兒有您認識的人嗎？誰能擔保您的身分？」

馬菲安諾虎視眈眈，盯著這神祕的11號。

「我。」西西里人喊道，「我能擔保所有不翼而飛的會員證，都是這位先生偷的！」

「我也能擔保馬菲安諾你，就是殺害詹姆士・馬克・阿雷米及佛烈德里・菲勒德的凶手。」對方也不甘示弱。

現場頓時起了騷動，主席試圖控制局面。

「這兩名成員的爭執，稍後再由紀全懲會處理。現在我們要做的是打開金庫。」

11號趨前靠近，步上了講臺。

「本人堅決反對開啟金庫！」他高聲表明立場。

「憑什麼反對？」已無力控制場面的年輕主席如此問道。

「憑我自己。再說，還有十一張會員證沒經過查驗確認。」

「我已經唱過名了！」主席反駁道。

「規定要求需唱名三次，以防出錯或遺漏。」

「那我再叫最後一次，9號？10號？還是沒人應答嗎？接下來已無號可叫。」

「12號，您在嗎？」突然，蓄鬍眼鏡男問道。

回答的居然是女人聲音。此人脫掉身上的男用大衣，赫然是位年輕女子，她身著黑衣，蒙著白色面紗，踩著平穩的步伐上臺，站到11號身旁。

「這是我的會員證。」她將證件交給主席查核。

馬菲安諾驚呼：

「派翠西亞・強斯頓！她是亨利・阿雷米的情婦、馬克・阿雷米的打字員，更是揭發我們的那位記者！」

「也是一名教馬菲安諾愛恨交加的勇敢女性！」11號高聲表示。

「是你的情婦才對！」馬菲安諾大吼。

「不，是未婚妻。」11號摟著派翠西亞的肩糾正道，「通常一般情況是，爲了避免自己的小命不保，所有人都會對我未婚妻退讓三分。」

負責主持集會的蒼白少年笑了起來。

「感情糾紛，」他說，「這可不關我們的事。但有個問題，夫人，每張會員證裁開後，應該都能看到我私人特製的蜘蛛圖案戳記，爲何您的證件上只有馬克・阿雷米的署名？這是哪兒來的例外，從沒聽說過。」

「各位若讀了我向《警察線上》投稿的文章即可知道。」派翠西亞鎮定地回應，「馬克・阿雷米遇害前幾個小時，我曾與他長談；結束前，他交給我一只信封，囑咐必須等到今年九月五日才能打開。我便在預定的日子開信，因而獲悉持有此張會員證者，得出席某場馬克・阿雷米訂於十月二十日星期二的重要會議，地點就在巴黎這家銀行，於是我前來赴約。聽了您剛才的演說，我總算弄清來龍去脈，也明白自己的權利。」

「很好，那麼就來打開金庫吧。」

「不准開！」１１號斬釘截鐵地說，「這點我絕不同意。」

他身邊爆出了其他人的恫嚇抱怨聲。

「我們有四十個人，您只有一人！」主席提醒道，口氣淨是輕蔑。

「但我是主人，你們只是手下。」他不客氣地回嘴。

下一秒，１１號直奔金庫的大門，雙手持槍擋在門口，原本蜂擁而上的紀全懲會成員見狀倉皇後退，與他隔出一小段距離。

蒼白少年略顯遲疑，最後自尊仍戰勝了謹慎。他向前三步，無懼危險地尖聲叫喊道：

「在場所有人的忍耐是有限度的！我命令您……」

「你再動我就一槍斃了你，小不點！」

蒼白少年的臉嚇得更白了，他停下腳步。

有幾個聲音問道：

「您究竟是何方神聖，居然如此膽大包天？」

11號將其中一把槍放進口袋，快速扯下鬍子、眼鏡隨意丟棄在地，露出了廬山眞面目——那張臉令人生畏，他掛著微笑，語出驚人：

「我就是亞森．羅蘋！」

一聽這如雷貫耳的名號，眾人不自覺往後退了幾步，不敢吭聲。

亞森．羅蘋繼續說道：

「會員證都在我亞森．羅蘋手裡，意思當然就是——這金庫裡的億萬財富每一份都歸我。當我得知馬克．阿雷米和佛烈德里．菲勒德重振黑手黨，並爲了提高聲望，準備用十字軍的正義之師旗幟對付我時，我也跟著加入，以便就近盯牢我的錢，順便提供各種有用情報像是本人的住所、同黨、避難處、洞窟、地道、藏身地等，爲的就是引你們來到我陸陸續續藏錢的金庫這裡。」

「這……可是險招啊！」主席結結巴巴地說，驚訝之情顯然一時不及平復。

「但很好玩啊！反正現在一翻兩瞪眼，我們的組織會規不是說要按持股比例分配利益嗎，而我不僅是這家地下公司的最大股東，甚至還擁有所有的股權。各位若有任何不滿，請儘管上法院提告，可是這些私房錢我先拿了，暫時歸我保管。這是本人的權利，我問心無愧，更確切地說，我就是有本事……」

派翠西亞頗感緊張，她貼近羅蘋低語：

「你這是孤軍奮戰，這些人一定會像一群餓狼那樣撲過來。」

「他們才不敢。」他堅定地回答，「別忘了，亞森・羅蘋這號人物在惡棍眼裡絕非等閒之輩，只要想想我過往的豐功偉業吧！」

「你錯了。這群處於盛怒之下的貪婪惡徒是很盲目的，他們可不吃你那套，誰也攔不住他們……」

「我可以……」

話還沒說完，一發子彈穿過人群，射中了羅蘋的大腿。他踉蹌倒地，儘管很快起身，卻得扶著牆壁站起。

「你們這些人太卑鄙了！」他破口大罵，「我可不怕你們來陰的，我絕不屈服。誰敢第一個闖入地道，我就殺誰，再開槍我一定反擊！誰想吃第一顆子彈？你嗎，馬菲安諾？」

羅蘋亮出武器威脅，眾人再度後退。蒼白少年開口干預：

「亞森・羅蘋，」他拉高音量，「我剛剛已經勸您退讓，面對現實吧，這裡沒人懷疑您的智慧與勇氣，但情勢已非你所能掌控。你的財富在這裡，而且顯然已歸我們所有，我們想拿就拿，不由你決定。再說，你把財寶全抓在手上有意義嗎？錢這麼多你也花不完，不如來個合理分配，給我們十億，剩下的百來億還是你的。」

然而抗議聲此起彼落，沒人同意這種減額妥協方案，因爲眾人無不想取得羅蘋那令人心醉的上百億鉅額財富。

羅蘋答腔：

「小傢伙，你的這些朋友和我想的一樣。他們要全拿，我也是。」

「你要死守金庫？」蒼白少年發出誇張的叫聲。

「對極了！羅蘋被擊敗，就不是羅蘋了。」

「但你已經被擊敗了，亞森・羅蘋。」

「不，我還活著……看招，各位！」他一個動作，嚇得最前排的惡棍急著逃命，而不斷往後排躲藏、推擠同伴的結果是——場面一片混亂。

羅蘋立刻將其中一把手槍卡進上衣的扣子間，另一把依舊瞄準敵人不放，空出的那隻手則靠近嘴邊，以令人稱羨的專業口技吹出了尖銳哨音，音量之大，在密閉空間中不斷迴響猶如魔音傳腦。

突然，叫囂、恐嚇、咒罵聲戛然停止，眾人噤聲等待，莫不感到心慌……

chapter 10 求救信號

哨音信號很快有了驚人回應。

先是整片天花板接連傳來喀噠喀噠聲，天花板原以線板劃分成格，做爲裝飾，現在這些格子底部像倒置掀蓋的木盒般，逐一翻開。

於是眾人頭頂多了一百五十個、有如活門開啓的長方形洞口。接著，這一百多個朝下翻開的開口各伸出一把步槍，共計一百五十根槍管，小巧又致命的黑色槍眼密密麻麻緊盯著底下的獵物。

「瞄準！」羅蘋的命令鏗鏘有力，他昂首傲然，露出不懷好意的笑容，似乎已忘了自己身上的槍傷。

他提高音量，再度發號施令：

「瞄準！」

這下可嚴重了，現場四十名會員惡棍嚇得不敢亂動，在行刑大隊的槍桿環伺之下，這群死囚只得乖乖就範。

羅蘋高聲大笑。

「拜託，我的夥伴們，有點膽量好嗎？見鬼，慌裡慌張的，看來我好像該來點暖身操幫各位放鬆放鬆，咱們開始吧。立正站好，手插腰，頭向右轉，跟上沒？再來，手舉高，雙腿輪流彎曲，麻煩腳尖往前。一、二、三、四，很好！馬菲安諾，你睡著啦，乖孩子？上面注意，馬菲安諾先生藏在他的同黨之中，這傢伙長得一副皮條客模樣，現在正靠在我左邊的牆面。假如他不照做……」

步槍開始尋找馬菲安諾。馬菲安諾為了不被認出，心想若稍遲疑恐怕必死無疑，於是顧不得面子，連忙照著羅蘋的口令挺胸轉頭、雙手插腰，像個認真的小男孩盡力完成暖身體操。

「停！」羅蘋下令。

眾人立即聽令，頓時無人動作。機動部隊立即從一樓走至地下室，來到眾人集會的大廳，只見新任警長貝舒神氣活現地忙著指揮調度。

羅蘋責備警長貝舒：

「喂，我的老朋友，你是不是該好好做個筆記，我已經按照和你們警方的約定，精選四十位罪犯交到你手上，他們個個身懷絕技、頂尖出色，不管當殺手、綁架犯、珠寶大盜或銀行搶匪都很稱職；他們的領頭馬菲安諾先生，也就是黑手黨首領，甚至是個雙手沾滿鮮血的狠角色。」

柵欄打開了，犯人一個個垂頭喪氣魚貫而出。

「還有你，羅蘋！」新任警長語帶挑釁，步步進逼。

「我？想都別想，我可抓不得，你不是接到局長命令了嗎？」

「是，上頭下令召集一百五十四位警察，出動逮捕紀全懲會的會員，也就是黑手黨組織。」

「我只要求一百五十位警力耶！」

「多出來的四位是針對你，羅蘋！」

「你瘋啦！」

「沒有，這是局長的命令。」

「唷，所以局長打算過河拆橋？」

「對，警方已經受夠你的手段和伎倆，你給我們的，遠不如我們在你身上花的力氣多。」

羅蘋哈哈大笑起來。

「好一群沒禮貌、不知感恩的傢伙！我想你應該是最笨的一個吧，貝舒，竟敢又一次拎著羅蘋的逮捕令，幻想我羅蘋會像隻烤熟的雲雀落入你那張大鳥嘴？」

「逮捕令指示——得活捉。」貝舒故做鎮定地強調，對手的冷靜令他不知所措，這位新任警長似乎不敢離他太近。

羅蘋再度放聲大笑。

「活捉！所以是想把我裝進籠子裡，送到巴黎大皇宮展示嗎？」

「正是。」

「孩子，滾吧！」

「再加上那些惡棍罪犯，你的對手可是有兩百個。」

「二十萬人才嚇得倒我！」

貝舒繼續說之以理：

「你忘了自己已經受傷、血流不止嗎？你已經奄奄一息，撐不了多久了。」

「你居然說我奄奄一息，我親愛的貝舒！我那僅存的『一息』可順得很，我絕對會用上最後一口氣跟你們算總帳，小綿羊們！」

貝舒聳聳肩。

「胡說八道，可憐的羅蘋啊，你才沒有力氣……」

「你不把我的畢生積蓄及優秀手下放在眼裡？他們絕不投降！你知道的，這可是那位大名鼎鼎康布羅納將軍①的名言！」

「叫你的手下出來！」

「可憐的貝舒，你眞要我這麼做？」

「對。」

「小心，你會死得很慘。」

「儘管放馬過來。」

「不，你先動手。開槍吧，各位紳士！」

貝舒白著臉，他雖有自信，卻仍感到害怕。他喝令部下：

「注意，面向羅蘋，瞄準！」

一百五十名警察隨即轉向羅蘋，舉槍瞄準，但沒人開槍。顯然眾人都認爲射殺一個負傷無援的男人有點勝之不武，而遲疑著……

貝舒氣得踏地頓足。

「開火、開火，快開槍，你們這些混蛋！」

「開槍啊！」羅蘋也附和道，「怕什麼？」

他面無血色，無法站穩，失血令他虛弱，卻無法逼他屈服。

派翠西亞趕緊上前攙扶，她臉色蒼白，神色卻異常堅定。

「時候到了。」她低聲道。

「也許已經太遲了，」羅蘋回應，「妳還是決定這麼做？」

「對。」

「無論如何，說妳愛我。」他輕聲要求。

「我要你活下去。」

「妳明知沒有妳、沒有妳的愛，我活不下去……」

她望著他，神色凜然道：

「我知道。所以我要你活著……」

「這是承諾嗎？」

「是。」

「那麼，動手吧。」他氣若游絲地說。

這次換她從皮包拿出哨子，那是羅蘋先前給她的銀哨。她將哨子放進嘴裡，隨即傳出了刺耳長音。她不停吹哨，中間停頓了幾次，但旋即繼續，這股尖銳、迫切、絕望的音波在廊道中擴散，往地下室及花園裡飄送。

皆下來是一片令人焦慮的沉寂，眾人猜不透躲在漫長寂靜裡的祕密爲何，大夥無不屏氣凝神、提心吊膽，這次會發生什麼事？羅蘋又安排了什麼救兵，什麼厲害的角色能在這千鈞一髮之際，以銳不可擋之姿及時介入？

此時，遠處有了動靜，附近建築物地板傳來可怕的震動聲，聲音越來越清晰，越來越逼近。

「關閉大廳柵欄。」貝舒大吼。

「關閉柵欄。」羅蘋平靜地附議，「關閉柵欄，順便祈求上帝讓你們這群無賴的靈魂安息！」

他跪倒在地，再也支撐不住，只能借助頑強的意志讓自己別昏厥。

派翠西亞俯身抱住他，繼續一次又一次地發送信號，迫切地呼喚著。

羅蘋硬撐著虛弱的身體，冷笑道：

「貝舒，我爲你感到可悲。叫一支大軍過來吧，要那種……配有坦克大砲的軍隊……」

「你呢？你也找了軍隊來不成？」

「我？我要召喚那些打過世界大戰的將士之魂，那些死去的弟兄同胞已經站在前方，他們無論在人間或地獄全都所向披靡！」

羅蘋似乎陷入了譫妄囈語。派翠西亞驟然停止吹哨，因爲救兵到了，駭人的聲響已如洶湧波濤湧進了大廳。

救兵怒不可遏，發足狂奔，原打算攻擊羅蘋的上百名警力絲毫沒料到，這名人單力孤的負傷罪犯居然擁有如此奇特嚇人的奧援陣仗，頓時慌了手腳，亂成一團。

「薩依達、薩依達，」年輕女子雀躍地大叫，「薩依達。快來，薩依達！」

老虎一躍到位。眾人目瞪口呆，全都嚇呆了，但眼前緊閉的柵欄阻擋了野獸的去路，牠顯得有些遲疑。

柵欄前方，猶如百葉窗葉片緊閉的盾牌一字排開，盾牌至少達柵欄的四分之三高，成了第一道人工鐵壁，必要時還有下一批警力接替。然而即便少了這道防護，老虎依舊難以突破柵欄不是嗎？當然不是，刺槍頂端與天花板之間還有足夠的跳躍空間哪！

薩依達當然知道這點障礙不算什麼，只見牠突然縱身一躍，像鳥兒般優雅地飛越天際，不僅未掉落槍陣，還成功飛掠過銳利的長槍尖端，輕巧地降落在派翠西亞與羅蘋跟前。

然而貝舒已聚集所有人馬圍了過來。

「該死，開槍！」他怒吼。

「您……您自己開。」警力部隊傳來反抗聲。

「你的部下說得一點沒錯，」亞森．羅蘋接腔，「不如你先開槍，貝舒！但我得警告你，薩依達絕對認得是誰開槍傷牠，如果你敢對牠開槍，就要有變成人肉大餐的心理準備，我的老友。薩依達吃人肉，當然也吃貝舒肉！」

被羅蘋這麼一激，貝舒英勇地開槍了。子彈輕擦過老虎，惹得牠作勢衝向前去，憤怒地咆哮。大批警力依舊裹足不前，其中三、四名力挺長官的警探恢復鎮定，試圖運用隊形戰術、掌握節奏，準備穩當射擊，薩依達勢必抵擋不住。

這突然降臨的可怕對手，光是現身就已引起眾人恐慌。沒有人料想得到，亞森．羅蘋居然如此神通廣大有老虎相助，此人掌控局面的能耐確實與眾不同，簡直超凡入聖，若非親眼目睹不能置信……貝舒和他的部屬表面鎮定，內心實則激動難耐。

這頭野獸的出現超出常理、超出準則，警方慣用的對策全都失靈，他們從沒想過會碰上這種戰鬥場面，就連貝舒自己也六神無主，無法解釋的內心恐懼排山倒海，盤旋糾纏——老虎居然與人類結盟，這……警界誰看過這種事？

貝舒決定走爲上策，他背後的警力部隊也潰不成軍，四十名要犯雖然身在其中，但這些無用的警察早把看守犯人的任務拋諸腦後，而曾與老虎交過手的馬菲安諾更是急著逃命，那個假保皇黨少年主席則一副忝蓊樣地緊跟在後。

「一百五十名警察，四十名罪犯，再加上等量齊觀的步槍及白朗寧手槍，竟然全在我亞森・羅蘋、我的愛人，以及一頭野性大貓面前逃之夭夭。好一群蹩腳英雄，可憐哪，這什麼世界，什麼警察！」羅蘋虛弱地冷笑道，儘管神態睥睨，卻快失去意識了。

然而他感到心滿意足。任務達成，戰鬥告捷，薩依達倒臥在女主人腳邊，任她撫摸額頭，並閉上眼睛，豎起耳朵聆聽遠處傳來的喧鬧，發出舒服的呼嚕聲。

只是才過了一分鐘，牠又站起來低吼。忙著照料羅蘋的派翠西亞，以及稍稍恢復精神的羅蘋都深感不妙。這第一場戰鬥是贏了，可是……

他們都聽見了輕微的腳步聲，幾個黑影正沿著外牆疾行，他們竭力躲藏以免形跡敗露，只敢慢慢地靠近。

原來那幫惡棍不甘心功虧一簣，他們受不了上百億財富的超級誘惑，又再度從祕密通道折返，準備將手邊的武器伸進大廳柵欄。

「瞄準，發射！瞄準，發射！瞄準，發射！」羅蘋按著節奏唱和。

薩依達壓低身體走到柵欄邊，亮出獠牙，發出低吼，拱起背準備撲擊。

這群不死心的惡徒和先前一樣嚇得魂飛魄散，再度落荒而逃。

「快，」羅蘋說，「他們隨時可能回頭攻擊，我們快走！派翠西亞，妳把金庫鑰匙和重要文件收好。今晚會有人把錢運走，送往外省，安傑蒙銀行顯然不夠安全。現在，動作快！載妳和薩依達過來的車子一直等在庭園對吧？」

「對，艾提安正在那兒看守，只要沒被逮捕就沒問題……」

「當然沒問題。沒有人知道他替我辦事，自然也不可能知道那是我的車，再說光是我和四十個歹徒就夠貝舒煩的，他哪有空想別的事。更何況，他帶部屬逃走時，腦袋裡應該只想著該如何擺脫薩依達！我們快走！」

「你還能走到庭園嗎？」派翠西亞憂心地問。

「不行也得行！」

他起身，卻差點跌倒。

「看來，」他樂觀地笑說，「情況滿糟的。我需要敷藥包紮，咱們去找找，薩依達應該能像揹魯道夫去高乃依城堡那樣，揹我去庭園吧！」

於是，羅蘋學小男孩那樣跨騎在大貓身上，這頭強壯的野獸絲毫不覺多了什麼重量，輕鬆越過數條走廊，來到銀行庭園。

羅蘋有部大車停在那兒，這輛車又大又寬敞，護衛頭領艾提安正在一旁守候。老虎引起的恐慌成功驅離了敵人及閒雜人等，四周不見任何人影，也就是說沒人看到他們上車。派翠西亞及羅蘋坐上了汽車後座，老虎蹲坐在兩人前方，艾提安則鑽進駕駛座。

「警察都走了？」羅蘋問他。

「是，老大，還順便帶走了一干人犯。警察守在出口逮人，給他們上了手銬。」

「總算能有點交代！」羅蘋冷笑道，「哼，他們真那麼想抓我？這下子警方多少能向公眾吹噓一番。哎，我羅蘋如果真的被捕像什麼話，場面多難看！出發吧，艾提安，油門踩到底！回紅屋，全速前進！」

汽車發動，順利駛離銀行庭園，沿途車程順暢，直抵紅屋。抵達莊園後，派翠西亞上樓找兒子，羅蘋一進大廳便大呼小叫，發出勝利的歡呼：

「勝利、勝利！」

老奶媽飛快跑下樓來，神情十分緊張。

「我來了、我來了！你需要什麼，我的小傢伙？」

「我可沒叫妳！」

「你不是喊維克朵娃嗎？」

「我這是歌頌勝利②。我可憐又可愛的奶媽，妳這名字還眞麻煩。」

「那就幫我改名吧！」

「好啊，那有什麼問題！等會兒我還要向妳報告戰績呢！對了，妳喜歡哪個名字，德摩比勒或是多比亞克③？」

「難道不能給我選個基督徒名字嗎？」

「勝利女英雄那類的名字如何，比如聖女貞德，很適合妳耶！唔，幹嘛板著臉？妳誤會了，我可沒想開妳玩笑。放心，我三兩下就能幫妳取個新名字。不過，先聽聽我的豐功偉業吧！」

他描述起剛才那場殊死戰，開懷大笑、眉飛色舞的，活像個年輕小夥子。

「很有意思對吧，老太太？好幾年沒玩這麼開心了，以後對付警方還能有這麼精彩的戲碼嗎？看來，以後我得訓練大象、鱷魚、響尾蛇，也許警方會因此跟我和平相處；而且等我換上了這批新盟友，經濟效益可驚人了——我可以囤積象牙，拿鱷魚皮做鞋，響尾蛇的尾巴甚至能當門鈴用！現在，來點吃的吧，順便替我包紮傷口！」

「你受傷了？」維克朵娃擔憂地問。

「不礙事，皮肉傷，流了點血，對我羅蘋來說不算什麼，反而有助讓我別腦充血。欸，快點，我馬上得再出門一趟。」

「都弄成這副樣子了，你還想去哪兒？」

「去找我的錢。」

傷口並不嚴重，奶媽很快便替他包紮好。亞森・羅蘋匆匆吃了點東西，休息一小時隨即精神抖擻地吩咐車庫人員開來他的二號及三號車。他和派翠西亞坐上第一輛車，另外挑了四個最果敢強壯的手下坐進第二輛車。

「我們得回老安傑蒙家，」羅蘋向派翠西亞解釋，「還有些小東西要拿。」

一小時不到，車子抵達銀行，亞森・羅蘋在派翠西亞及手下陪同之下，又來到一樓大廳，這回直接走進金庫所在的房間。

他取出鑰匙，轉動密碼盤後，打開第一個保險櫃。

空的！

他又試了第二個、第三個、第四個……還是空的！每個保險櫃都空無一物，裡面的錢財全都消失了。

羅蘋沒啥特別反應，反倒打趣發笑道：

「保險櫃空空如也，積蓄被吃乾抹淨，錢財不翼而飛……」

派翠西亞望著他問：

「你有什麼頭緒嗎？」

「有，而且不止一樣。」

「所以這是怎麼回事？」

「還不曉得。雖然我這麼說似乎顯得很無能，但我這人就愛腦力遊戲。」

他叫來銀行警衛，那人甚至要先確定可怕的老虎不在場，這才願意走近。

「請安傑蒙先生過來。」羅蘋命令。

接著，他陷入沉思。

大夥尋遍豪宅，幾分鐘後安傑蒙終於現身，警匪大戰時他一直待在屋內。

他向羅蘋伸出手。

「親愛的奧瑞斯．維蒙，很高興見到您，您好嗎？」

羅蘋不打算和他握手。

「一點也不好，我的東西被偷了。」羅蘋正色說道，「你偷了我的錢，金庫全空了。」

安傑蒙大吃一驚：

「空了？金庫全空了？不可能，啊！」老銀行家跌坐在椅子上，臉色發白，上氣不接下氣，幾近昏厥。

「我的心臟！」他呻吟著，「我有心臟病，可經不起惡作劇，您爲什麼嚇唬人跟我說這些？」

「我只是陳述事實。再說，假如偷錢的不是你，又會是誰？」

「我不知道。」

「少來，立刻給我說實話，是誰告訴你保險櫃的密碼？不准說謊。是誰？」

他盯著安傑蒙，眼神犀利。

安傑蒙鬆口：

「馬菲安諾。」

「錢呢？」

「不知道，」銀行家表示，「等等……你要去哪兒，奧瑞斯？」

「解決這個有趣的問題。」

羅蘋不慌不忙地離開金庫房，經過另一個房間，大踏步往豪華的大理石階梯走去。

安傑蒙跟著衝上前。

「奧瑞斯，不，奧瑞斯！求求你，別去，不……」

安傑蒙的聲音卡在喉嚨，他再次感到暈眩，倒臥在樓梯口。

派翠西亞在警衛及羅蘋手下的協助下將他扶起，帶他坐到一樓大廳的扶手椅上。

他隨即恢復意識，斷斷續續地說：

「混蛋，我知道他打什麼鬼主意。我內人是不會說的，我的太太我很清楚，她一個字也不會說。啊，這騙子，自以爲他能爲所欲爲，跟這種無賴合作就是這種下場。」

派翠西亞起先還不懂，待意會過來後，臉色突然發白。

「那您得快跟上去！」她催促著。

銀行家哼哼唧唧地說：

「沒辦法，萬一打擊太大，我會送命的，這可是心臟病哪！」

他沮喪不語。派翠西亞則到大廳另一側的椅子坐下，動也不動。

十分鐘過去了……接著是十五分鐘……

安傑蒙唉聲嘆氣、萬念俱灰、話不成句，他談起妻子，聊著她的美德、勇氣、謹慎，還有自己是如何信賴她。他說的或許不假，但也可能全非事實……

終於，大夥聽見了腳步聲，緊接著傳來輕快愉悅的勝利口哨，羅蘋再度現身。

「不是真的，這不是真的！」安傑蒙聲嘶力竭，朝著他揮舞拳頭，「不會的，你不會這麼做的！」

「果然是你密謀竊取我的財寶！」羅蘋平靜地說，「你策畫了兩天，和大型流動馬戲團的經理約定，向他們租用了十八輛卡車，而且在昨晚就動手搬運。四個小時前，我的錢都已經被送往閣下您的達禾城堡，這城堡建在某峽谷上方一處很難到達的高崖。如果錢真的運到那兒就完了，恐怕再也別想找回來。」

「這根本是子虛烏有、胡說八道、亂編故事。」銀行家反駁。

「告訴我這些情報的人絕對可靠。」羅蘋肯定地說。

「你是指我內人瑪麗・泰瑞絲？胡扯，她爲什麼要告訴你？」

亞森・羅蘋笑而不答，嘴角兀自揚起一抹自負冷酷的微笑。

安傑蒙再次感到雙腿發軟。

原本坐在遠處安靜聆聽的派翠西亞，起身走近羅蘋，將他拉到一旁顫聲問道：

「若是眞的，我絕不原諒你……」

「是眞的。」他柔聲回答，一邊拉起女子的手，她卻立刻甩開，眼眶泛出淚來。

「別想，你又度背叛了我！」

「派翠西亞，背叛的人是妳！馬菲安諾不可能猜得到保險櫃密碼，全世界只有一個人猜得出來。而妳，派翠西亞，只有妳瞭解寶拉・西寧的首字——『寶拉』在這場冒險中有多關鍵。爲什麼要把我的祕密告訴馬菲安諾？」

她紅了臉，卻也十分乾脆地坦言：

「事情發生在波曼路，當時他軟禁我，把我關在窗戶底下有平臺的那個房間。我擔心魯道夫，也擔心自己的安危。馬菲安諾只曉得他們那副密碼鎖需按五個鍵，才會想從我這邊問出開啓保險櫃五個字母的順序，他同意在痛下毒手前讓我多活一天。我叫他試試『寶拉』，他照辦，果然奏效。但也因爲多爭取了一天，我才能派魯道夫去找你，也才能順利被你和孩子救出。後來又收到威脅殺害魯道夫的恐嚇信，逼得我只好洩漏其他祕密，我擔心兒子，也擔心你……而行動的良機遲遲未到，我能怎麼辦？」說罷，年輕母親臉上滿是焦慮苦惱。

羅蘋重新拉起她的手。

「妳做得很對，派翠西亞，我很抱歉，原諒我好嗎？」

「不！你背叛了我，我再也不想見到你，下禮拜我就回美國。」

「哪天？」他問。

「禮拜六，我已經訂好波拿巴特號的船票。」

他露出微笑。

「我也是。今天是禮拜五，離船期還有八天。我先和四名手下去追卡車，攔截之後運回巴黎，再送往諾曼第，我在那兒有幾個安全的藏匿處。然後禮拜五晚上我會到哈佛港，準備和妳搭同一班船，包廂也在妳隔壁。」

她無力表達抗議。

男士吻了吻她的手，轉身離去。

安傑蒙的情緒很激動，他跌跌撞撞地在羅蘋步出大門前追了上去。

「好吧！我算是破產了，」倒楣的銀行家期期艾艾地說，「都這把年紀了，教我如何是好？」

「哼！你還有存款……」

「沒有，我發誓！」

「夫人的嫁妝呢？」

「也一起運到城堡了。」

「在哪輛卡車裡？」

「十四號卡車。」

「那麼十四號卡車會回到這裡，直接送還給安傑蒙夫人，外加我個人的禮物一份……別擔心，我懂得分寸。」

「您是我的好友，奧瑞斯，這點我從不懷疑！」安傑蒙感激地握住對方的手。

「我可不是什麼壞人，」羅蘋一臉僞善地笑道，「只是向安傑蒙夫人致意罷了。啊，對了，說到禮物，替我出點意見吧，你覺得假如一併送上十五號卡車，她會生氣嗎？」

安傑蒙喜出望外。

「正好相反，完全不會！親愛的朋友，一點也不，她會很感動的。」

「那麼，一言爲定！再見，安傑蒙，等我哪天路過再來看你。」

「當然、當然，我們隨時歡迎您到寒舍用餐，內人也會很高興的……」

「那是當然。」

* * *

派翠西亞返回紅屋陪魯道夫。

亞森・羅蘋則不顧自己的傷勢與疲倦，活像上緊發條般直接帶了四名精幹的手下一起動身，親自去追趕卡車。

經過兩天馬不停蹄的行動，事情都安排妥當後，這才打道回府。換做別人早累死了，但羅蘋簡直跟鐵人沒兩樣。

而且他一到家，立刻回房睡覺，維克朵娃像照顧孩子般替他蓋好棉被。

「大功告成，全辦妥了。」他對奶媽說，「現在，我要來睡覺，睡個二十四小時！」

「你不冷嗎，小傢伙？」維克朵娃很擔心，「沒發燒吧？」

他在被子裡伸了個舒服的懶腰。

「天啊，妳眞囉唆！放我睡覺吧，我的勝利女英雄。」

「確定不冷，小傢伙？」她再問一遍。

「我在發抖。」不敵疲憊的他最後說道。

「想喝杯熱蘭姆酒嗎？來個一小壺？」

「一小壺？薩摩德荷絲④，我一定在作夢吧！妳不是想換個代表勝利的名字，好跟妳的姓氏搭配嗎？那就薩摩德荷絲吧，這名字很美呢！太神奇了！來杯蘭姆酒，就一壺吧，薩摩德荷絲！」

不過等老奶媽端來一壺蘭姆酒，亞森・羅蘋早已沉沉入睡。

「他睡得像個孩子。」維克朵娃凝望地出神。

然後，一口喝下蘭姆酒。

譯註

①康布羅納將軍（Cambronne，一七七〇～一八四二），拿破崙的旗下大將，曾參與滑鐵盧一役，面對英軍圍剿時，留下一句名言：「媽的，侍衛隊寧死不投降。」

②維克朵娃（Victoire），同法文「勝利」一字。

③德摩比利（Thermopyles），為波希戰爭時三百名斯巴達戰士死守的隘口名；多比亞克（Tolbiac），為法蘭克王國時期，法蘭克人對抗日爾曼人的知名戰役地點。兩者皆為戰役名。

④薩摩德荷絲（Samothrace），希臘愛琴海的島嶼名，一八六三年在該處發現知名的勝利女神像，女神挺胸展翼，頭、雙臂已失，身軀完好，現存於羅浮宮。

chapter 11

婚禮

奧瑞斯・維蒙和派翠西亞並肩坐在波拿巴特號郵輪的甲板上，這艘船將帶他們回美國，兩人正望著地平線。

「派翠西亞，我猜，」奧瑞斯突然說話，「我猜此時《警察線上》應該已經刊出您的第三篇報導。」

「當然，因爲我四天前就發了電報，」她回答，「而且，我已經看到張貼在最新消息布告欄的電訊摘要，就在二號甲板那邊。」

「我在報導裡表現得還算出色吧？」奧瑞斯故作不在乎地問。

「非常出色，尤其是金庫那一段，你運用了薩依達這件事，被我寫成最聰明、最有創意的點子……老虎大戰警察。」

奧瑞斯內心充滿驕傲的喜悅。

「這將會在全世界引起多麼大的轟動啊！」他志得意滿地說，「勢必迴響不斷、讚美不停、萬眾矚目！」

派翠西亞笑看這位贏得掌聲的演員自賣自誇。

「我們會被當作英雄歡迎！」她很肯定。

他突然口氣丕變。

「那是對妳而言，派翠西亞。但對我，他們大概等著送我上電椅。」

「怎麼會呢，你何罪之有？是你潛入敵營，將他們一網打盡啊。朋友，少了你，我怎能做到這一切。」

「不，妳依然能俘虜我羅蘋，駕著妳的凱旋馬車帶他回來。」

她望著他，這些話令人感到不安，尤其是那副嚴肅的口氣。

「希望我不會帶給你任何麻煩。」

奧瑞斯聳聳肩。

「當然沒有。他們不但會授予我國家級的獎勵，而且因爲我打算定居美國，他們甚至會提供一棟摩天樓，並加封一個『人民頭號公敵』榮銜給我。」

「這就是你前陣子跟我提過的事件最後結局？」派翠西亞恍然大悟，不禁問道，「當時你曾暗示會做出必要犧牲。」

她停頓半晌，美麗的眸子變得濕潤，接著說：

「有時……我怕你想離開我。」

他沒有反應。女子喃喃道：

「沒有你，我是不會快樂的，我的朋友。」

換他望著她，語調苦澀：

「沒有我……派翠西亞，妳是說妳愛我這小偷、騙子，甚至是亞森．羅蘋？」

「你是我所認識心地最高貴的人，也是最得體、最善解人意、最見義勇為之人。」

「舉些例子來聽聽？」他又恢復了輕鬆口氣。

「一個例子就夠了。像是我很擔心如果魯道夫曝光，會被躲在暗處的敵方組織鎖定，所以不願一起帶他回美國，你便提議讓他留在紅屋，由維克朵娃照顧……」

「她其實叫薩摩德荷絲。」

「並且接受你的朋友與薩依達保護。」

奧瑞斯聳聳肩。

「那不是出於好心腸，而是因爲愛妳才這麼做……啊，瞧妳，派翠西亞，爲什麼每次我一吐露愛意，妳就臉紅呢？」

她撇開對方灼熱的目光，低語道：

「我不是因爲你的話臉紅，而是因爲你的眼神……因爲你心底的想法……」

她猛然起身。

「來吧，可能又有最新電訊貼在布告欄上了。」

「也對！走吧！」他也跟著站起來。

她帶他來到布告欄，上頭貼了幾張電文，內容寫著——

【紐約訊】《警察線上》知名撰稿人派翠西亞・強斯頓將搭乘下一班從法國啓航的郵輪波拿巴特號歸來。她近期協助法國警方逮捕以西西里人馬菲安諾爲首的犯罪集團，成果輝煌。馬菲安諾犯案累累，甚至在紐約犯下詹姆士・馬克・阿雷米及佛烈德里・菲勒德兩起凶殺命案。

據悉，馬菲安諾在法國境內亦犯有其他重罪，故將不會被引渡回美。

市政府將準備盛大歡迎派翠西亞・強斯頓小姐的歸國。

另一則電文則寫著——

……來自哈佛港的電訊斷言亞森・羅蘋亦搭乘波拿巴特號郵輪前往美國，警方將於這名竊

盜罪犯下船之前，完成部署並確認各項嚴密的防範措施。巴黎警察總局葛尼瑪探長已於昨日抵達紐約，他將獲得一切警力支援，務求順利逮捕宿敵亞森・羅蘋，此情此景勢必將如二十五年前探長首度逮捕羅蘋一般。法國警方也將乘坐美國警方的小艇，在波拿巴特號前方守候，並有軍事當局及美國警方代表陪同。

第三則電文內容如下——

《警察線上》宣布該報社長亨利・馬克・阿雷米已獲得許可，准予搭乘私人遊艇迎接報社的海外特派撰稿人派翠西亞・強斯頓返國，警方將另派一組人員陪同他接人下船。

「太棒了，」奧瑞斯叫道，「看來這迎接我們的陣仗大不同，也就是說來接我的是大批警力，接妳的則是孩子的父親。」

讀完電訊後聽到這些嬉鬧之言，派翠西亞根本笑不出來。

「我看是危機四伏。」她說，「我在小阿雷米身邊是沒什麼好怕的，但，你，我的朋友，你的處境很糟。」

「那就吹哨子叫薩依達來吧！」樂天依舊的羅蘋先開個玩笑，隨後正色道，「用不著擔心，我不會有危險的。即便我真的俯首就逮，警方也沒有任何確切罪名能控告我。我倒是好奇這小阿雷米究竟居心何在？」

「或許我們不該同行，」派翠西亞指出，「畢竟，任何人都能查出我們從哈佛港上船後一直在一起。」

「誰說的，晚上我從沒踏進妳的包廂一步。」

「我也沒有。」

他凝視著她。

「妳後悔嗎，派翠西亞？」他聲音變了。

「也許吧。」她神情嚴肅地回應。

派翠西亞抬起嬌媚的臉龐，凝望眼前的男子。許久後，微顫著身子，獻上她的唇。

這晚，兩人共進晚餐，奧瑞斯點了香檳。

「派翠西亞，」他說，「等波拿巴特號一通過航道，駛入港口下錨時，我就得離開妳了，大約是晚上十一點左右！」

她痛苦地低喃：

「朋友，我們第一次這麼幸福，恐怕也是最後一次。」

他緊緊抱住她。

* * *

天剛亮，派翠西亞起床梳洗，整理行李。奧瑞斯・維蒙，或者說亞森・羅蘋，早已不在房裡。鑰匙還留在門鎖上，並上了兩道鎖，但派翠西亞仍感到濕冷空氣灌入包廂，她發現船窗沒關。他是從窗戶出去的？為什麼？從船窗無法爬上甲板啊。派翠西亞絲毫未發現羅蘋的足跡，她留在波拿巴特號吃午餐，餐後準備前往甲板時，有人來傳話，說亨利・馬克・阿雷米想見她，但年輕女子斷然拒絕。

時間過得好慢，彷彿永無止盡，派翠西亞如坐針氈，等待事情發生……但會是什麼事呢？她也不知道……

港口淨是輪船、遊艇、小艇、魚雷艇，天空還盤旋著數架水上飛機。碼頭上熱鬧非凡，萬頭攢動，汽笛聲、蒸汽噴發聲、卸貨聲、吆喝聲什麼聲音都有。

派翠西亞繼續等待。她不曉得羅蘋去了哪裡，也不明白他在做些什麼，但此刻她心中升起一股莫名卻篤定的信念——除非得到羅蘋的消息否則她絕不下船。羅蘋一定會用某種方式通知她的！

希望果然成真！傍晚五點，她已從下午最新出刊的報紙讀到警方發布的聲明——

亞森・羅蘋海上搶劫

昨天夜裡，當今最有名的通緝犯亞森・羅蘋，在幾名同黨的協助下登船偷襲《警察線上》社長亨利・馬克・阿雷米先生的遊艇，為了找到阿雷米先生，船上人員紛紛遇襲且全數繳械，船員全被關進船艙。這起令人震驚的事件持續至今日中午，被俘的船員之間透過夾板小洞交談，由其中一人順利打開遭囚同伴的門。船員們逃脫後，與海盜大打出手，海盜反抗失敗，不得不投降。亞森・羅蘋本人亦於一番激戰後寡不敵眾，在船上像野獸般遭人圍捕，最後被逼至船舷邊。但眾人準備趨前抓捕之際，他竟翻過船邊，縱身躍入波濤大海，後來一直沒人見他浮出水面。

無庸置疑的是，警方自一早接獲報案後隨即全面戒備，於沿岸安排警力，在港口各定點停泊小船，機關槍也一字排開。截至目前（下午三點半）為止追捕行動仍無進展，這名海盜頭領生死未卜。警方信誓旦旦認為亞森・羅蘋絕無可能登岸，推測是在萬念俱灰及精疲力盡之下，很可能已放棄求生，隨水漂流，警方亦已開始搜尋屍體。亞森・羅蘋究竟為何登船攻擊亨利・馬克・阿雷米先生？攻擊發生時，阿雷米先生並不在船上，警方宣稱不知此事，法國名警葛尼瑪也不知道，但他本人並不相信名盜已死。

派翠西亞激動地讀著每行字，看到關於亞森・羅蘋失蹤及可能死亡的部分更是心急如焚。然而，她立刻搖搖頭，露出微笑——亞森・羅蘋就這麼玩完、溺斃？不可能。葛尼瑪探長說得對。

「我該怎麼辦？」年輕女子自忖，「繼續在這兒等待嗎？或乾脆索性下船？羅蘋會上哪兒去找我呢？還是他不會再來找我了……」想及此，雙眼淚水滿盈。

又過了一小時……再一小時……新出爐的報紙爲她帶來振奮的新消息。報紙這麼寫著——

警方不久前於《警察線上》社長辦公室發現了亨利・馬克・阿雷米，他被綁在扶手椅上，口裡塞滿破布。保險箱遭強行撬開，裡面一千五百美元不見蹤影，只留下一張短箋——「我需要錢訂購諾曼第號的船票，但之後我會全數歸還。爲了儘速償還借款，本人將在船上舉辦一場魔術晚宴，拿旅客的名錶及荷包實際示範演出。亞森・羅蘋筆。」

而阿雷米先生的對面，則坐著法國首席探長葛尼瑪。他像是正與對方交談般，坐在另一張扶手椅上，身上僅著短褲和法蘭絨背心，全身亦遭綑綁，口中塞著布條。他無意多說，僅表示亞森・羅蘋取走了他的衣物，喬裝潛逃。阿雷米先生則不願發表意見。他爲何保持沉默？那可怕的騙子究竟是如何成功脅迫這兩名受害者？

派翠西亞讀完報導後不禁露出略帶驕傲的微笑——這個羅蘋，太厲害了，眞是技高人膽大！但現在還要繼續留在船上嗎？在這裡可等不到羅蘋的人啊……

她匆匆下船，搭計程車回家。

走進家門，屋裡擺滿了鮮花，圓桌上備有宵夜，一名訪客自桌邊扶手椅起身。

「你！是你！」她大叫，又哭又笑地撲進友人的懷抱。

他親了她幾下後，問道：

「妳不擔心我嗎？」

她笑著聳聳肩：

「噢，擔心你？我知道你一定能脫身。」

兩人愉快地吃著宵夜，突然，他正色說道：

「派翠西亞，妳知道的，事情都處理好了。」

「什麼？什麼處理好了？」她驚訝地問。

「妳的未來。我在小阿雷米的口中塞破布之前，已經跟他談過了，我們聊了很久才達成共識。」

羅蘋替自己倒了杯香檳。

「他會娶妳。」

派翠西亞的聲音發抖。

「但我不會嫁給他，」她冷冷地說，「你憑什麼這麼做？是，我懂了，你不愛我了！」

她聲音嘶啞，淚眼婆娑，接著又開口：

「這就是你盼望的結局?我不答應!絕不!」

「事情非這麼辦不可。」他直勾勾地盯著她。

她聳聳肩。

「我想,接不接受是我的自由。」

「不對。」

「爲什麼?」

「因爲妳有一個兒子,派翠西亞。」

她再度渾身顫抖。

「兒子是我的。」

「是妳和他爸爸的。」

「我會保護他,扶養他長大,他是我一個人的,我絕不同意把魯道夫交給那個人。」

羅蘋幽幽地說:

「派翠西亞,妳得爲將來著想!亨利・馬克・阿雷米願意離婚娶妳,讓兒子認祖歸宗,他能留給魯道夫一個清白的姓氏及可觀的財產,這可是美國數一數二的財富。反觀我能給他什麼?最近這一次的事情證明,周圍充滿覬覦我金庫財寶的敵人,他們隨時準備向我宣戰,而且總不可能每次都失手吧?」

兩人默不作聲，心情低落至極。派翠西亞仍然無法接受，羅蘋再次低聲地說：

「魯道夫會冠什麼姓氏？社會地位又如何？他絕不能當羅蘋的小孩……」

又是一陣沉默。派翠西亞依然躊躇，但她很清楚非得做出犧牲不可。

「好，我答應。」她最後說道，「條件是——我能再見到你。」

「婚禮六個月之後才會舉行，我的派翠西亞……」

派翠西亞跳起來望著他，神情欣喜若狂。

「六個月！你怎麼不早說！六個月，可以是永恆了！」

「如果我們好好安排這最後共度的時光，還能比永恆更長久呢。看來我們得加快腳步囉！」羅蘋愉快地說。

他斟滿兩杯香檳。

「我買下了小阿雷米的遊艇，」他又說，「我打算開他的船回法國。警方不會吵我，他們太需要我了，所以不會來煩我。我跟警察總局局長關係好得很，葛尼瑪會要貝舒閉嘴的，因為我警告過他——『要我保密就別打擾我』。對，就是我剝光他衣服的事，我要他等著看雜誌刊登穿短褲的探長，那可是史上最大的笑柄……於是他答應替我留個位置，好好欣賞馬菲安諾上斷頭臺。」

派翠西亞沒仔細聽，只顧想著兩人的事。

「我要和你一起搭遊艇離開，」年輕女子雙頰泛著紅暈，嬌羞地對羅蘋說，「這趟旅程一定會

很棒，我們越早出發越好。」

羅蘋笑了開來。

「那馬上走，現在就出發！橫渡大海之後，船會沿著塞納河而上，直達紅屋，我們就安安靜靜地住在那兒。妳很快就能見到魯道夫……這一切太美妙了！」

他興奮地高舉酒杯：

「敬我們的幸福！」

派翠西亞也回應道：

「敬我們的幸福！」

特別收錄 綠寶石之謎

「眞的嗎？親愛的奧爾佳，您說得好像認識他一樣！」

這晚，奧爾佳公主的客廳裡，一群朋友正在抽菸閒聊，公主露出微笑對他們說：

「老天，我的確認識他啊！」

「您認識亞森・羅蘋？」

「沒錯。」

「怎麼可能？」

「或者這麼說，」她解釋道，「至少我認識某個爲了能讓巴內特偵探事務所營運順暢，而樂於充當偵探的人。事實證明，吉姆・巴內特和偵探社的所有合夥人，其實全都是亞森・羅蘋。所以……」

「他偷了您的東西？」

「正好相反！他幫了我。」

「您這作法也太冒險了吧！」

「一點也不！我們認眞談了大約半個小時，情況一點也不戲劇化。但在那三十分鐘裡，我便感覺到眼前這號人物當眞不簡單，他的行事風格是那麼乾脆明快，卻又令人猜不透。」

大夥連番追問，奧爾佳沒有馬上回答。這個女人很少談論自己，她的生活低調神祕，連閨中密友知道的事也不多——她在丈夫死後還談過戀愛嗎？她金髮碧眼，美不可方物，永遠有許多愛慕者，但她曾接受過誰的感情嗎？大家都覺得那些說她任性古怪的惡毒流言，有時不僅僅是出於愛慕，更多的是好奇。但到頭來，所有人仍一無所知，沒什麼能拿來做文章的。

不過，這天她倒是特別健談，用不著大家三催四請，便主動將神祕面紗掀開一小角。

「好囉！」她說，「跟你們談談那次我跟他的會面又有何不可？我和他並非單獨會面，現場還有另一個人，我之所以不介意提起此人，就表示我心懷坦蕩對此人的存在沒什麼好隱瞞的。我會說，但只簡單扼要地說這場會面，畢竟你們也只對亞森・羅蘋感興趣，可不是？我就長話短說吧——先前曾有個男人，他一股腦地毫無保留愛上我，這麼形容並不爲過，此人大名你們一定聽過，他就是馬辛蒙・戴維諾。」

奧爾佳的朋友都嚇了一跳。

「馬辛蒙・戴維諾？那個銀行家的兒子？」

「對。」她回答。

「他父親不是涉及僞造、詐欺，而且被捕隔天就在醫院裡上吊自殺？」

「對。」奧爾佳公主平靜地回答。

她想了一會兒又說：

「我是戴維諾銀行的客戶，也是主要受害者之一。我本來就認識馬辛蒙，他在父親自殺後不久登門拜訪。他靠自己的事業致富並打算賠償所有債權人，所以希望和我達成協議，因此他來過我家好幾次。我承認這個人一直對我很好，而且言行舉止非常高尚正直。儘管他從未在我面前顯露自卑與羞愧，彷彿不受自己父親的醜聞影響，但我仍能感覺到他正忍受著無止無盡的痛苦，任何一句話都可能觸碰他內心的傷口。

「我一直把他當朋友招呼，只是這位朋友卻急著想從朋友變成戀人，雖然他從未表露心跡，我卻明白得很，而且每日每日看著這份愛苗滋長。若非他父親發生那種不名譽的事，他肯定會向我求婚。因此他不敢表白，也不敢試探我的心意，但即使問了我又該如何回答？我不知道。

「某個上午，我們到樹林裡吃午餐，然後他隨我回到這間客廳，看起來心事重重。我將手提包和幾枚戒指放在小圓桌上，坐到鋼琴前，應他要求，彈他愛聽的俄國曲子。他站在我背後聆聽，我想他的情緒應該很激動。彈完曲子，我站起來，只見他臉色蒼白，欲言又止。我望著他，心裡七上八下，只好隨意拿起戒指掛戴，突然，我停止動作，自言自語起來，雖說是爲了表達對某件小事的訝異，但主要還是想打破尷尬：『咦，我的綠寶石戒指呢？』

我發現他全身顫抖，驚叫道：

『妳是說那只漂亮的綠寶石戒指嗎？』

『是啊！你也很喜歡的那只。』我脫口而出，當時我眞的沒有多想。

『但吃飯的時候還戴在妳手上啊！』

『沒錯！可是我從不會戴戒指彈琴，所以事先便脫下戒指，跟其他東西一起擺在這兒。』

『那麼應該還在…』

『沒有，不見了。』

我注意到對方的臉色越來越蒼白，站在原地一動也不動，神情非常激動，我只好開玩笑道：

『好啦！怎麼了？又不重要，可能掉在什麼地方了。』

『但我們應該看得到才對啊！』他說。

『不見得，戒指很可能滾到家具底下去了。』

我伸手，打算按電鈴鈕，他卻抓住我的手腕，結結巴巴地說：

『且慢，請再等一下…妳想做什麼？』

『按鈴叫女僕來。』

『爲什麼？』

『當然是找戒指啊！』

『不，我不同意，無論如何都不可以！』

他發著抖，神情緊張，又說：

『在找出綠寶石戒指之前，誰都不能進來這裡，妳我也不能離開。』

『但不動手找怎麼找得到？不然，看看鋼琴後面有沒有！』

『不行！』

『爲什麼？』

『我不知道、我不知道……這場面對我來說太難處理了！』

『沒什麼難處理的，』我故作輕鬆地對他說，『我的戒指掉了，撿起來就好。一起找吧！』

『我請求妳…』他堅持。

『到底怎麼了？你就直說吧！』

『好！』他突然下定決心，『我的顧慮是，倘若我眞的在鋼琴後面或其他地方找到了戒指，妳一定會認爲是我先將戒指放在那兒，再假裝找到。』

我感到很錯愕，低聲地說：

『馬辛蒙，我並沒有懷疑你啊！』

『現在、這次是沒有，但之後呢？妳可能永遠不懷疑我嗎？』

我瞭解他的想法——身爲銀行家戴維諾之子的他，性格與行事總是比別人更敏感、更戰戰兢兢。儘管理智沒讓我妄下指控，但難道我不清楚，彈琴時，他就站在我和小圓桌中間啊！甚至當我倆四目相接，我的心正怦怦跳時，卻見他臉色蒼白、慌亂不安，對此我眞可能視而不見、毫不感到訝異嗎？換做是別的男人應該會一笑置之帶過，他爲何如此正經以對呢？

『你多心了，馬辛蒙。』我表示，『但站在你的立場，我還是應該尊重你的顧慮。所以，你別動，我來找吧。』

我彎下腰，瞄了一眼牆壁與鋼琴之間的空隙，還有書桌底下，接著站起身說：

『沒有！什麼都沒看到。』

他沉默不語，臉色十分難看。

這時，我靈機一動，趕緊開口：

『可以讓我去做一件事嗎？也許能夠……』

『噢！』他嚷道，『只要能眞相大白，妳儘管去做。但這事不容小覷，事關重大，』他賭氣似地補上一句，『稍不留意很可能讓人身敗名裂，還請別貿然行事！』

我先安撫他的情緒，然後翻閱電話簿，打電話給巴內特偵探事務所，吉姆．巴內特先生親自接了電話。我沒解釋太多，只請他務必立刻過來一趟。他答應我會儘速趕到。

之後就是等待，房裡彌漫著煩躁焦急的氣氛，令人坐立難安。

『有個朋友介紹我認識這位巴內特先生。』我僵硬地邊笑邊說，『他是個怪人，習慣穿老式的緊身禮服，頭戴假髮，但腦筋非常清楚。不過，聽說我得提高警覺，因爲這傢伙經常從顧客那兒取走他想要的任何報酬。』

我試著說些玩笑話緩和場面，馬辛蒙卻始終無動於衷，神情陰鬱。突然，玄關處響起電鈴聲，女僕隨即來敲客廳的門。我的情緒也很激動，親自開門並招呼道：

『請進，巴內特先生，歡迎、歡迎！』

我困惑地望著進門的男人，他和我期待的天差地遠——穿著典雅樸素，很年輕，模樣十分友善，而且態度從容，感覺上沒有什麼事能讓他措手不及。他盯著我看，關注的眼神頗久，看樣子應該不討厭我。觀察夠了，這才欠身行禮說道：

『巴內特先生因爲事務繁忙，請我代他處理這件有趣的案子，希望您不介意才是。方便自我介紹嗎？在下是艾納里男爵，是個探險家，有時也兼差當業餘偵探，巴內特是我的朋友，他很清楚我一向專注於直覺感及洞察力的自我訓練。』

陌生人說這些話時，風度翩翩、笑容迷人，任誰也拒絕不了他的協助——這哪裡是來提供服務的偵探，而是某位準備聽我差遣的紳士。我浮想聯翩想得入了神，竟像平常一樣不自覺地點上菸，還遞了一根給他，這在我是不可思議的舉動，我問道：『您抽菸嗎，先生？』

於是，這位陌生人才到場一分鐘，我們已經面對面抽起菸來。事情有了轉機，令我放下心中的焦躁，客廳的氣氛也彷彿緩解許多，只剩戴維諾仍垮著一張臉。我立刻開口介紹道：

『這位是馬辛蒙．戴維諾先生。』

艾納里男爵禮貌致意，但態度毫無異狀，令人相信戴維諾這姓氏並未令他聯想到什麼。或者說，他似乎不想引發過度聯想，所以一會兒後才貼心平靜地向我問起：

『夫人，我猜，府上是否掉了東西？』

馬辛蒙故作鎮定，我則輕描淡寫地回應：

『是啊！其實……沒什麼大不了的。』

『當然，』艾納里男爵笑言，『雖然這位先生與您應已無意尋找，但這小問題還是得解決的。東西……是剛剛不見的嗎？』

『是的。』

『太好了！那問題就簡單多了。是什麼東西呢？』

『一枚綠寶石戒指，我把它跟其他戒指，還有手提包，全都放在這張圓桌上。』

『您爲何脫下戒指？』

『爲了彈琴。』

『您彈琴的時候，先生在您身旁嗎？』

『他站在我背後。』

『也就是在您及圓桌之間？』

『對。』

『發現綠寶石戒指不見時，您試圖找過嗎？』

『沒有。』

『戴維諾先生也沒有？』

『也沒有。』

『有其他人進來過嗎？』

『沒有。』

『是戴維諾先生主張不要找戒指的？』

戴維諾不太高興地說：

『對，是我。』

艾納里男爵開始四處走動，步伐不大，腳步輕快，動作相當靈敏。最後，他停下腳步站在我面前，對我說：『麻煩讓我看看您手上的其他戒指。』

我伸出雙手，他仔細查看，隨後淡淡一笑。此人似乎樂在其中，與其說是查案，不如說他正在玩遊戲解悶。

『遺失的這枚戒指想必價值不菲吧？』

『是的。』

『能說說有多貴重嗎？』

『我的珠寶商鑑定過，它價值八萬法郎。』

『八萬法郎——非常好！』

他顯得興高采烈，放開我的左手之前，還端詳了掌心許久，一副認眞解讀掌紋的模樣。

馬辛蒙皺著眉，顯然有人讓他大爲光火。而我雖然想擺脫、阻止這種無禮的冒犯，但對方的手勁著實強大，儘管沒弄痛我，也由不得人抗拒；再說，他還吻了我的手呢，我實在沒把握推開他，可以說，我當時已完全臣服在這個陌生人的強勢作風底下。

其實，我相信他已經解開謎團，至少就事件本身來看的確如此。他並沒有再問我與案情相關的問題，只提了兩、三個情節類似的小故事，我確信他打算利用這些案例來釐清案情，而且我覺得他的眼光不時落在馬辛蒙或我身上，應該是想觀察我們聽他敘述故事時的反應。

我心裡感到很不服氣，卻又不得不屈服。我想，儘管他沒多問，也會慢慢發覺我倆的關係，察覺馬辛蒙的傾慕及我內心的情感。我只能乾著急，馬辛蒙一定也是，因爲這人簡直像翻閱信紙般，一頁一頁揭開我們之間的所有祕密，想來眞令人氣惱！

終於，馬辛蒙發怒了：

『我實在看不出這些事之間有何關係……』

『您是指，與造就我們今日相逢的這個事件有何關係？』艾納里男爵打斷他的話，『關係可大了。謎團本身無關緊要，但我即將提出一個有效的解決辦法，而且恐怕與這件小事發生時，兩位的心理狀態大有關連。』

『可是，先生，』馬辛蒙忍無可忍地大吼，『您連找都沒找，也沒搬動任何家具、甚至沒有多瞄這間屋子一眼啊！光靠這些無用的談話，根本不能幫我們找回遺失的珠寶。』

艾納里男爵露出溫和的笑容：

『先生，看來您是那種中規中矩調查證據找眞相的人。不過，先生，眞相往往藏在意想不到的地方。我們今天所面對的情況，和蒐證技術、偵辦案件都無關，而是心理層面的問題……就這麼簡單。我通常不從無聊的調查過程找證據，而是從獨特的心理角度分析出不容辯駁的事實眞相。畢竟每個人在敏感又衝動的天性驅使下，常常將內在的想法外化爲超乎理智的舉動。』

『您的意思是，』馬辛蒙咬牙切齒，『我犯了超乎理智的舉動？』

『不，先生，我指的不是您。』

『那是誰？』

『是夫人！』

『我？』我驚叫。

『是您，夫人。您顯然和其他女人一樣，都具備我所謂敏感又衝動的天性。您的說辭不禁讓我感到，人很難保有絕對的自制力及人格不變。不僅當人生遇到重大變故時可能誘發雙重人格，其實日常生活中遇上的某些單純尋常小事，也可能引發出我們人格的另一面。人在生活、交談及思考時，潛意識會主導我們的直覺，而且往往透過反常、荒謬、匪夷所思的方式，促使我們做一些連自己都不自覺的行爲。』

陌生人談笑依舊，繼續賣弄吹噓自己的能耐，但我也開始失去耐性，要求道：

『麻煩直說結論吧，先生。』

他回答：『好的！但是夫人，如果接下來我陳述的方式冒犯到您，且未顧及上流社會交往應有的謹慎禮儀等做作理由而適時住口，還請您多多見諒。事情是這樣的——一個小時前，您在戴維諾先生的陪伴下返回這間屋子。我絕不會說傷害您的話——但我認爲戴維諾先生愛上您了；我也不會空穴來風——但我想您已有預感他將對您表白，這種第六感女人很少出錯，也因此往往讓妳們備感困擾。因此，事情發生在您脫下戒指、準備彈鋼琴的時候——我想，您應該聽出我的重點了。當時的你們是自己也是別人，夫人您，甚至先生，兩位都處在我剛才提及的心理狀態，也就是——在被愛情沖昏頭的情況下，你們都不清楚自己做了什麼。』

『怎麼會不清楚！』我抗議，『我清醒得很。』

『您是這麼看待自己沒錯。但其實人面臨情緒衝擊時，即便情緒波動再細微，也還是無法像平常那麼理性。也就是說，您的內在早已調整爲犯錯模式，才會產生錯誤判斷及不自主的舉措。』

『所以呢？』

『我的意思是——夫人，您雖不願意甚至不自知，但仍打算、甚至最終也還是做出了「懷疑」別人的舉動。縱使這和您的個性相左，也非當此情形下該有的理性反應，但您還是「懷疑」了對方。但事實上，無論戴維諾先生他那如雷貫耳的姓氏影射著什麼，打從一開始，我就很難相信他會是偷綠寶石戒指的嫌犯。

我氣急敗壞，激動地大喊道：

『難道你要我相信，我打從心底冒出這種侮辱人的想法？』

『當然不是。』艾納里男爵澄清道，『相信這是出於潛意識作祟，才會讓人覺得您懷此想法；更別提，您甚至已經不自覺地在手上那堆時下流行的廉價假寶石，以及價値八萬法郎的眞品綠寶石之間，做出了抉擇。我是指，您的下意識顯然讓您決定把那些假寶石放在圓桌上，然後爲了保護珍貴美麗的綠寶石，而不自覺地將它另外放置。』

這番指控令我怒火中燒：

『絕無可能！』我奮力駁斥，『如果有這種事，我一定會知道。』

『但證據顯示，您並不知道。』

『這麼說，綠寶石戒指在我身上囉？』

『沒有，它還留在您另外擺放的位置。』

『也就是說？』

『在圓桌上。』

『明明就沒有，您看清楚些，戒指並不在那兒。』

『就在那兒。』

『什麼？桌上只有我的手提包啊！』

『對啦！綠寶石戒指就在您的包包裡，夫人。』

我聳聳肩。

『我的包包？您胡說些什麼？』

但他很堅持。

『夫人，我很抱歉端出一副魔術師或大騙子的模樣，不過是您找我來尋找失竊戒指的，我有義務告知您戒指的去向。』

『戒指絕對不在裡面！』

『戒指不可能在別的地方！』

我有一種奇怪的感覺，照理，我應該希望戒指就在手提包裡，但我又寧可戒指不在那兒，好讓這男人因爲推理失敗而丟臉。

他示意我拿起手提包，我只好照做。我拿起包包，打開後，在一堆小東西之中焦急地翻找——綠寶石戒指果然在裡面。我呆若木雞，不敢相信自己的眼睛，甚至自忖手裡握著的眞是那枚綠寶石戒指嗎？沒錯，就是它，千眞萬確。那——那所以我的確做了這極不尋常的懷疑舉動，這對馬辛蒙・戴維諾來說豈非莫大的污辱？

我一臉尷尬，但艾納里男爵卻難掩雀躍，應該說他費了好大的勁兒才能好好說話。從這一刻起，他從彬彬有禮的紳士形象，一轉而爲完美出擊的心理專家。

『所以啦，』他說，『「直覺」這傢伙總是趁我們不注意時開點小玩笑，它是個滿腦子想著作怪的小惡魔，行事偷偷摸摸的，才會讓您根本沒想到應該找一找手提包。直覺，只會讓您在整間屋子裡到處胡亂搜找，然後懷疑起全世界來，包括戴維諾先生在內，而根本想不到寶物就藏於那個靜靜躺在桌上、彷彿置身事外的手提包裡，而且完全出自一個順手放入的舉動！

『夫人，您很意外，而且感到有點可笑，對嗎？因爲我們永遠不知道，哪一天直覺會投射在我們內在看不見的本性深處！誰不是對自己的理性及尊嚴永遠懷抱信心，但有時卻得向內在力量的神祕性屈服，面對這位陰沉的內在朋友，我們最好心懷敬畏，必要時就該義無反顧，抵抗到底。但說到底，我們哪裡可能眞正瞭解看穿這位朋友！』

艾納里男爵說這些話時，極盡詼諧嘲諷之能事，令我覺得艾納里男爵的身分已然消失，眼前這位其實就是巴內特偵探事務所的合夥人——啊，他不正在展現自己獨樹一幟的風格，而且坦蕩地以

眞面目示人，沒戴任何面具，也非喬裝成他人。

馬辛蒙走上前去，雙拳緊握。對方也挺直了腰桿，看起來比想像中高大許多。

接著，這名陌生人突然湊近我，吻了我的手，他並非以艾納里男爵的身分而吻。他望著我，雙眼直勾勾地注視。最後，他抓起帽子道別，那動作很大，大到有點戲劇化，彷彿他手上揮舞的是一頂羽毛帽似的，然後心滿意足地離開，口中還一邊嘀咕著：

『眞是件好玩的小事，我愛死這種小事了，這可是我的強項。夫人，本人隨時恭候差遣。』」

* * *

奧爾佳公主說完故事了。她隨手點起菸，朝這些個鼓譟的朋友微笑。

「然後呢？」

「然後？」

「對啊！戒指的故事結束了。但您的呢？」

「我的也結束啦！」

「拜託，別吊我們胃口！您既然如此開誠布公，就一次說完嘛，奧爾佳。」

「老天，你們也太好奇了！你們到底想知道什麼？」

「知道什麼？首先，馬辛蒙・戴維諾和他的傾慕之情後來怎麼了？」

「這眞的沒什麼大不了，畢竟不論有心或無意，我確實偷偷懷疑了他，還把綠寶石戒指藏起來，他當然感到生氣、忐忑。他受了那麼多委屈，自然不想原諒我；而且他還做了件蠢事，令他在我心中的觀感大大扣分——是這樣的，他居然將此事遷怒於艾納里男爵，寄了張一萬法郎的支票給巴內特偵探事務所。這張支票後來被裝進信封，別在一只雅致的花籃上寄回給我，上頭寫了幾行字，非常客氣，並且署名——」

「艾納里男爵？」

「不是。」

「吉姆・巴內特？」

「也不是。」

「那是？」

「亞森・羅蘋！」

她再度沈默。

但有個朋友提醒道：

「誰都能那樣簽名吧！」

「沒錯！」

「您沒有試著求證嗎？」

奧爾佳公主沒回答，朋友又說：

「奧爾佳，我很清楚您的心意。我想，妳對馬辛蒙・戴維諾已經失去興趣了。這整件事從頭到尾都由那位神祕人物主導，他手腕高明，知道如何吸引妳的注意，激發妳的好奇心。承認吧，奧爾佳，他這麼做讓妳有了下次再見面的期待吧？」

奧爾佳公主依舊沒回答。

那位心直口快、偶爾令她坐立難安的朋友繼續說：

「反正，奧爾佳妳保有了戒指，而戴維諾也保有他的金錢，沒被偷走任何東西，這倒不符巴內特素來的原則——畢竟就如妳所言，他總是自取酬勞，依他認定的服務收費。他大可自己翻找手提包，拿走綠寶石戒指，但他卻沒這麼做，表示可能想得到某樣比綠寶石更貴重的東西。記得有人告訴過我，他在某件案子裡一無所獲，只帶走當事人的前妻來趟渡輪旅行。奧爾佳，妳瞧，這求回報的方式多美啊，而且他跟妳口中這位艾納里男爵的個性、外型也挺相似的！妳怎麼想呢，奧爾佳？」

奧爾佳依然沉默不語。

她躺在扶手椅上，裸露著香肩，修長窈窕的身材一覽無遺。她凝視著香菸裊裊，而美麗的綠寶石正在指間閃爍……

國家圖書館出版品預行編目資料

羅蘋的財富【附：綠寶石之謎】/ 莫里斯・盧布朗（Maurice Leblanc）著；吳欣怡譯.
—— 初版. ——臺中市　：好讀, 2012.03
面：　公分，——（典藏經典；49）

譯自：Les milliards d'Arsene Lupin / Le Cabochon d'emeraude

ISBN 978-986-178-230-0（平裝）

876.57　　101000577

好讀出版

典藏經典49

羅蘋的財富【附：綠寶石之謎】

原　　著／莫里斯・盧布朗
翻　　譯／吳欣怡
總 編 輯／鄧茵茵
文字編輯／簡伊婕
美術編輯／許志忠
行銷企畫／劉恩綺
發 行 所／好讀出版有限公司
台中市407西屯區工業30路1號
台中市407西屯區大有街13號（編輯部）
TEL:04-23157795 FAX:04-23144188 http://howdo.morningstar.com.tw
（如對本書編輯或內容有意見，請來電或上網告訴我們）
法律顧問／陳思成律師

線上讀者回函
更多好讀資訊

讀者服務專線／TEL：02-23672044 / 04-23595819#212
讀者傳眞專線／FAX：02-23635741 / 04-23595493
讀者專用信箱／E-mail：service@morningstar.com.tw
網路書店／http : //www.morningstar.com.tw
郵政劃撥／15060393（知己圖書股份有限公司）
印刷／上好印刷股份有限公司
如有破損或裝訂錯誤，請寄回知己圖書更換

初版／西元2012年3月15日
初版四刷／西元2023年7月1日
定價／220元

Published by How-Do Publishing Co., Ltd.
2023 Printed in Taiwan

ISBN 978-986-178-230-0